KB117252

독립 투자전문그룹, 미래에셋
한국금융투자협회 심사필 제 19-04472호 (2019.10.31 ~ 2020.10.27
모두 당신의 자산이 될 수 있다
INVESTMENT REPORT
7,976,392
14,800,263
INVESTMENT DATA
3 month
ASSET ALLOCATION
5,682,943
Total balance
ASSET ANALYSIS
FINANCIAL INDEX
Present Condition of Investment
accumulation
3.20%
annual average
99.70%
this year
5.42%

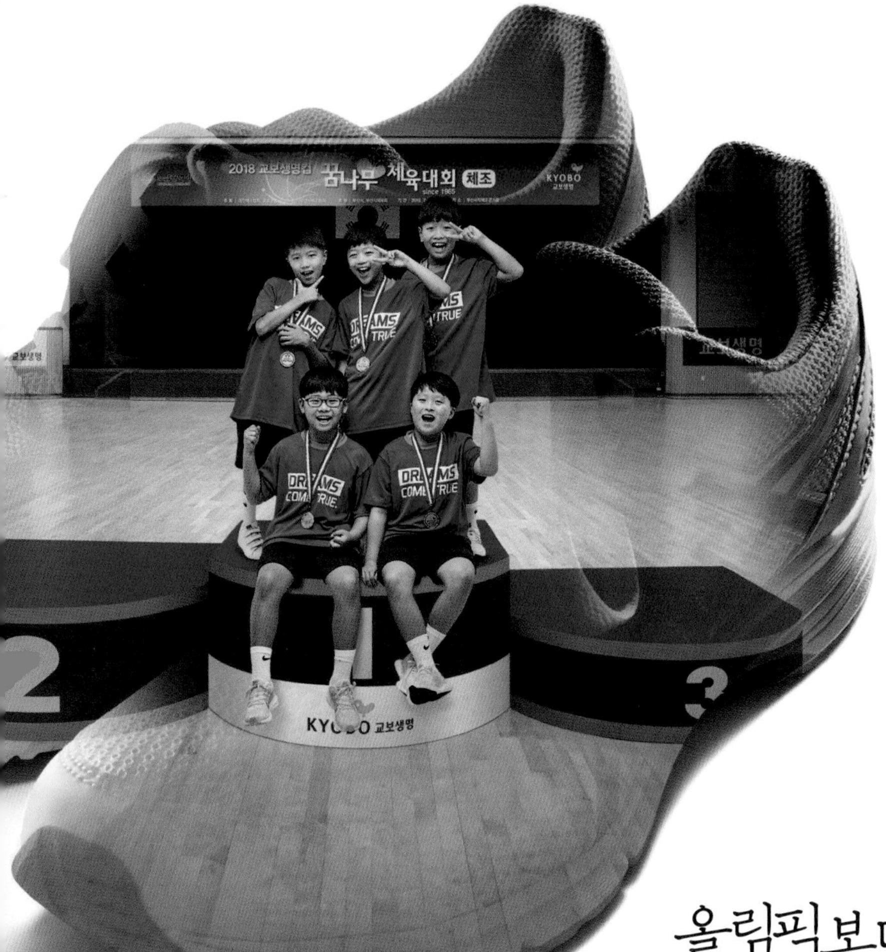

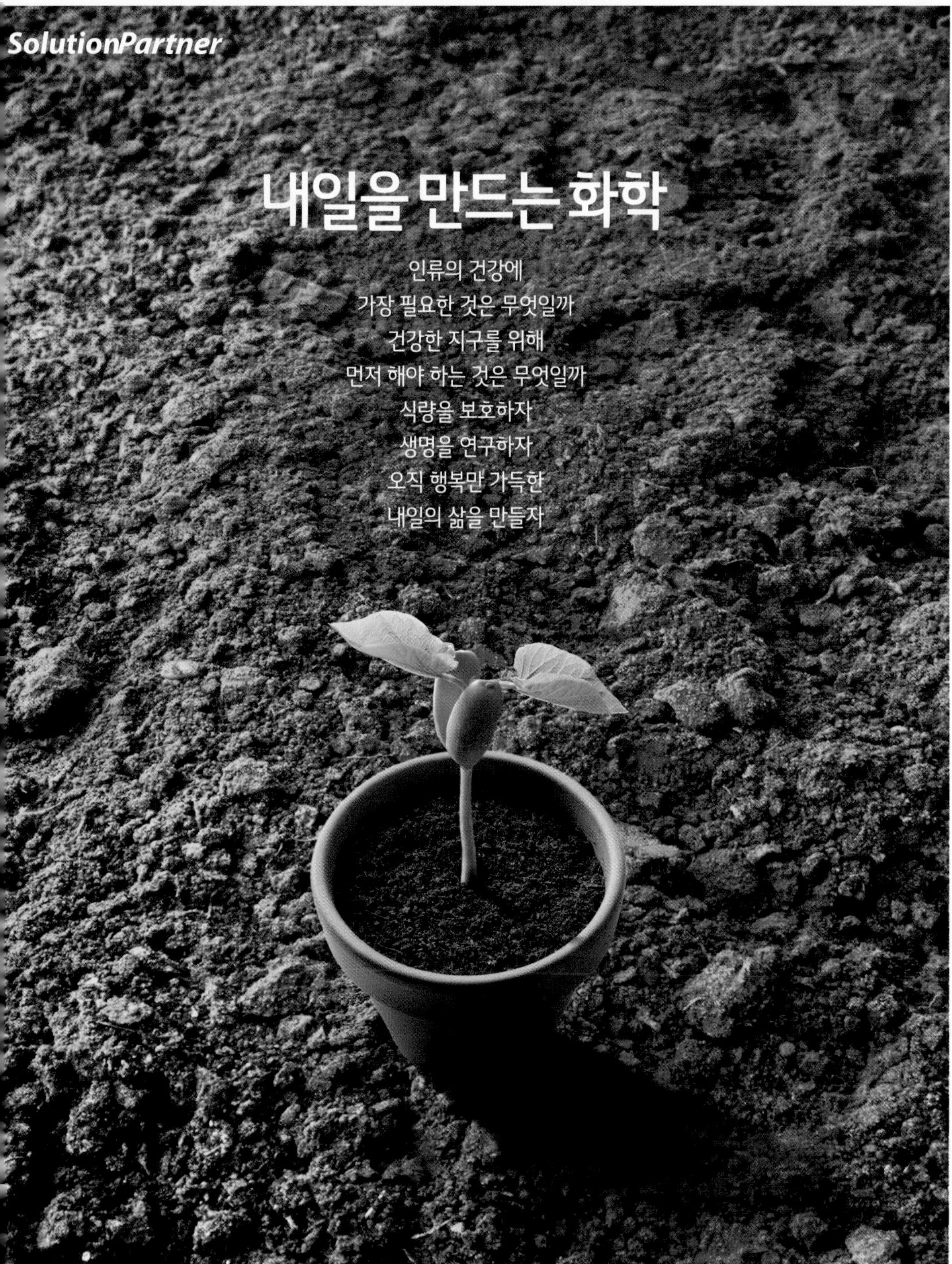
SolutionPartner
내일을 만드는 화학
인류의 건강에
가장 필요한 것은 무엇일까
건강한 지구를 위해
먼저 해야 하는 것은 무엇일까
식량을 보호하자
생명을 연구하자
오직 행복만 가득한
내일의 삶을 만들자

2020 경제大예측

2020 경제大예측

CONTENTS

PROLOGUE

1 세계 경제 어디로

2 5대 변수는 어디로

3

한국 경제 어디로

4

한국 산업은 어디로

5

투자 가이드

EPILOGUE

PROLOGUE

Review

극도의 불확실성이 지배한 2019년

배동주 기자

2019년 경제는 불확실성 속에서 길을 잃었다. 2년 넘게 이어지고 있는 미·중 무역분쟁이 점입가경으로 치달으며 오리무중에 빠졌고, 유럽은 브렉시트가 어떤 효과로 이어질지 몰라 떨고 있다. 불확실성에 따른 위험자산 회피심리가 번지면서 신흥국 경제 여건은 더욱 나빠졌다. 아르헨티나가 국제통화기금(IMF)과 구제금융 협상을 진행 중인 가운데 불확실성은 터키와 남아프리카공화국의 외환시장마저 흔들고 있다. 한국 경제도 대외 불확실성 탓에 흔들렸다. 특히 미·중 무역분쟁이 갈피를 잡지 못하고 헤매자 수출 중심 경제 구조의 민낯이 그대로 드러나 2019년 경제성장률이 경제위기 때를 제외한 역대 최악을 기록했다. 수출 둔화는 증시에도 악영향을 미쳤다.

미국 경제가 불확실성의 핵으로 작용했다. 〈2019년 경제 大예측〉은 미국 경제의 견조한 회복세가 꺾일 것으로 내다봤다. 법인세 인하, 설비투자 인센티브 시행으로 호황이 이어졌지만 하반기에 성장할력을 잃을 수 있다는 분석에서다. 그러나 미국은 2019년 두 차례 금리 인상 기조를 이어갈 것이란 예측마저 뒤엎고 확장적인 통화정책으로 전후 최장의 호황을 이어갔다. 보호무역과 관련한 불확실성이 커진데 따라 미국 연방준비제도(Fed)가 적극적 대응에 나선 효과다. 연준은 지난 7월과, 9월, 10월 세 차례에 걸쳐 금리 인하를 단행했다. 이에 실업율이 50년 만에 최저인 3.6%로 떨어졌고 경제성장률도 당초 전망(2.5%)보다 높은 2.6%를 기록했다. 다만 2019년 1분기 3.1%였던 성장률이 2분기 2.1%로 떨어지는 등 둔화 국면에 접어들었다.

미중 무역분쟁이 불확실성 진원지

〈2019년 경제 大예측〉이 내놓은 중국의 구조조정 위기는 어느 정도 맞아떨어졌다. 〈2019년 경제 大예측〉은 중국이 2019년 기업 구조조정과 은행 부실화로 위기를 겪을 것이라고 예측했다. 실제 중국의 채무불이행기업 수는 2017년 약 50만개에서 2018년 150만개 이상 급증한 후 2019년 1분기에만 40만개를 넘어섰다. 기업이 영업이익 중 얼마를 이자비용으로 쓰고 있는지를 가늠하는 이자보상배율이 100% 미만인 기업은 20%에 육박했다. 중국 민간기업의 자금난으로 은행 건전성은 약화했다. 중국 은행의 부실채권 규모는 2016년 1조4000억 위안대에서 해마다 늘어나 2019년 2조3000억 위안 수준까지 치솟았다. 중국은 5% 후반대의 경제성장률 전망도 장담할 수 없게 됐다. 금융위기 이후 중국이 세계 경제의 보루로 불렸던 것과 대조된다.

불확실성은 유럽에도 엄습했다. 유럽중앙은행(ECB)이 추진한 '유동성

〈2019년 경제 大예측〉 주요 내용

★는 예측이 들어맞은 정도를 나타냄

세계 경제 어디로			
미국 경제마저 꺾이나?	YES	80%	★★
중국, 구조조정 위기 겪나?	YES	60%	★★★
유럽 경제 반등에 실패하나?	YES	70%	★★★★
일본 경제 회복세 이어가나?	YES	60%	★★★
신흥국이 세계 경제 불안 도화선 될까?	YES	80%	★★★
세계 경제 5대 관전 포인트			
미·중 무역전쟁 계속 이어질까?	YES	90%	★★★★★
국제유가 안정세 이어갈까?	YES	70%	★★★
'~시트' 줄 잇나?	NO	70%	★★★★
북·미 핵협상 성과 낼까?	YES	50%	★
미 금리 3번 이상 오를까?	NO	70%	★★★
한국 경제 어디로			
실질성장률, 잠재성장률 밑돌까?	YES	80%	★★★★
수출 회복세 이어질까?	NO	80%	★★★★★
가계부채 뇌관 터질까?	NO	90%	★★★★
2기 경제팀, 일자리 늘릴 수 있을까?	NO	80%	★★★★
한국 산업 어디로			
반도체 호황 이어질까?	YES	70%	★
위기의 자동차·조선 침체 벗어날까?	NO	60%	★★★★
제약·바이오 성장세 이어갈까?	Yes	70%	★
신재생에너지 개발 활기 띨까?	Yes	80%	★★★★
5G·폴더블폰이 통신업 부흥 이끌까?	YES	70%	★★★
투자 가이드			
코스피 박스권에 갇힐 듯			★★★★★
서울 집값 소폭 오를 듯			★★★★
창업 성공 키워드는 '조화와 융합			★★★★

공급을 통한 경기 부양'이 힘을 쓰지 못했다. 〈2019년 경제 大예측〉이 전망한 수출 문제가 유럽 경제의 발목을 잡았다. 수출 비중이 국내총생산(GDP) 대비 50%에 육박하는 독일이 먼저 흔들렸다. 미·중 무역분쟁 파고가 덮친 데다 자동차 경기 부진까지 겹쳐 2019년 경제성장률이 제로 수준에 머물렀다. 수출 제조업 비중이 작은 프랑스·스페인 등이 소비 확대로 성장세를 유지한 데 그쳤다. 여기에 영국의 브렉시트 관련 불확실성이 커졌다. 영국은 지난 3월 유럽연합(EU) 탈퇴를 예정했지만, 브렉시트 합의안을 놓고 공전을 거듭하고 있다. 합의안이 나오지 않으면서 영국 금융시장의 불안은 물론 노딜(No deal) 브렉시트 우려가 유럽 경제를 불안 속으로 몰아넣었다.

일본은 〈2019년 경제 大예측〉의 예상과 같이 불확실성을 견뎠다. 아베노믹스의 공공투자 확대와 완화적인 통화정책이 통했다. 일본 정부는 또 지난 10월 2차 소비세 인상이란 세수 확보 전략으로 불확실성에 맞서고 있다. 이에 고용 호조가 지속되는 동시에 소비도 꾸준한 회복세를 보였다. 다만 신흥국은 2019년 불확실성을 버티지 못했다. 미국의 금리 인상 중단으로 뇌관이었던 '화폐 가치 하락'이 멈췄지만, 미·중 무역분쟁 여파에 시달렸다. 신흥국은 원자재나 중간재 수출이 많지만, 무역분쟁 장기화가 세계 교역량과 투자 감소로 이어졌다. 올해 신흥국 부채는 71조 달러를 넘어서는 등 역대 최고치를 기록했다. 특히 아르헨티나·브라질·남아프리카공화국의 금융위기 가능성이 커지며 〈2019년 경제 大예측〉의 예상이 맞아떨어졌다.

예상 뛰어넘은 반도체 부진

한국 경제에도 불확실성이 짙게 드리웠다. 애초부터 2019년 한국 경제에 대한 우려는 컸다. 이른바 내우외환이었다. 〈2019년 경제 大예측〉은 미·중 무역 분쟁과 투자 부진, 잠재성장률 하락 등 안팎으로 어려운 상황이 이어질 것으로 봤다. 결국 한국 경제는 세계 경제보다 더 빠르게 성장활력이 떨어졌다. 교역과 투자 부진으로 세계 경제 하향세가 이어졌, 수출의존도가 높은 한국 경제에 직격탄이 됐다. 특히 주력 수출품인 반도체 가격이 급락하면서 한국 경제의 취약함이 드러났다. 다만 일본의 경제 보복이 한국 경제의 새로운 불확실성으로 부각될지 예측하지 못했다. 일본의 경제 보복으로 한국 경제가 입은 직접적인 피해는 크지 않지만, 일본산 소재 부품 공급 차질로 멈춰 서는 공장이 생겨난다면 위기는 심화할 수 있다.

불안했던 예측은 틀리지 않았다. 2019년 한국 경제성장률은 2%를 밑돌 공산이 크다. 경제개발 5개년 계획을 시작한 1962년 이래 경제성장률이 2% 아래로 떨어진 것은 1980년 제2차 석유 파동, 1998년 외환위기, 2009년 금융위기 외엔 없었다. 수출이 급감하고 제조업이 위축되고, 설비투자가 크게 줄어든 게 원인이 됐다. 2019년 반도체 산업 초호황이 꺾여도 호황의 끝물을 누릴 것이란 〈2019년 경제 大예측〉 전망도 들어맞지 않았다. 2019년 전체 수출 감소폭 중 반도체가 절반 이상을 차지했다. 관세청에 따르면 2019년 11월까지 통관기준 누적 수출금액은 4967억 달러로 지난해 같은 기간(5567억 달러)보다 600억 달러 감소한 것으로 집계됐다. 이 중 반도체 수출의 감소폭이 313억 달러로, 전체 수출 감소폭의 절반(52.1%) 이상을 차지했다.

한국 경제를 떠받쳐온 자동차·조선의 회복도 더디다. 〈2019년 경제 大예측〉은 자동차·조선이 침체를 벗어나지 못할 것으로 내다봤다. 실제 자동차 수출은 2018년 1.8% 감소를 겪은 후 2019년 재차 0.2% 줄어들 전망이다. 미국 등 주요 선진 시장의 자동차 구매 수요가 감소했고 신흥국마저 수요가 줄었다. 2019년 전기차 수출 규모가 지난해보다 두 배가량, 수소차가 세 배가량으로 증가한 게 그나마 위안거리다. 2008년 금융위기 이후 극심한 침체 늪에 빠진 조선은 여전히 수출에 힘을 보태지 못하고 있다. 2019년 세계 액화천연가스(LNG) 운반선 발주의 90% 이상을 수주하며 2년 연속 세계 수주 1위를 달성했지만 수출로 잡히기까진 시간이 남았다. 이런 가운데 국내 조선업의 허리를 받쳐야 할 중형 조선사의 선박 수주량은 18척에 그쳤다.

수출 감소로 기업의 투자심리가 얼어붙은 가운데 정부가 추가경정예산을 쏟으며 재정 확대에 나선 게 경기 침체의 골을 조금이나마 완화했다. 정부 재정 지출은 2018년 433조원에서 2019년 470조원으로 증가했다. 덕분에 정부소비의 한국 경제 성장 기여도가 1%가 넘어 2019년 성장률의 절반가량을 정부가 담당했다. 그럼에도 일자리가 늘지 않을 것이라는 〈2019년 경제 大예측〉 전망이 맞았다. 신규 취업자 수는 2018년 10만 명에서 2019년 26만 명으로 증가했지만, 취업자보다 실업자가 더 빨리 늘면서 실업률은 2018년 3.8%에서 2019년 3.9%로 상승했다. 고용 여건이 개선되지 못해 민간 소비는 2018년 2.8%에서 2019년 2.0%로 떨어졌다. 소비자 물가는 2018년 1.2%에서 2019년 역대 최저치인 0.5%로 하락했다.

다시 박스권에 갇힌 코스피

국내 증시는 불확실성에 밀려 '박스피(박스+코스피)'로 돌아왔다. 2018년만 해도 코스피가 2500선에 안착할 것이란 전망이 나왔다. 그러나 글로벌 경기 불확실성이 커진다는 소식에 2019년 초 2000선으로 내려앉았고 1950~2200

선을 오르내리고 있다. 금융당국의 코스닥 활성화 정책에 따른 1000포인트 시대 개막 기대도 사라졌다. 경기 불안 등 대내외 악재와 성장 기대감 축소로 지수는 하락했고 2019년 700포인트에도 닿지 못했다. 부동산 시장은 정부 정책에도 들썩임을 멈추지 않았다. 미국에 따라 이어진 금리 인하 속에서 늘어난 유동성이 부동산에 몰렸다는 분석이다. 정부 규제 강화에도 '서울 집값 소폭 오를 듯'이라는 전망을 내놓은 〈2019년 경제 大예측〉 예상이 맞았다. 규제는 서울에 통하지 않았다.

본지가 2015년 처음 발간한 〈경제 大예측〉이 어느새 여섯 번째 단행본으로 독자를 만나게 됐다. 그간 〈경제 大예측〉은 다른 경제 전망서와 차별을 두기 위해 현장에서 뛰는 경제 기자들의 목소리를 담고, 의도된 전망을 배제해 객관성을 유지하려는 노력을 기울여왔다. 세계 경제의 주요 관심사를 짧은 질문으로 던진 후 'YES or NO'와 확률로 대답해 가능성을 점치고, 주요 경제 이슈를 알기 쉽게 짚고 있다. 이번 〈2020 경제 大예측〉에서도 이런 형식과 구성을 유지했다. 한치 앞을 내다볼 수 없는 경제 환경 속에서 부디 이 책이 독자 여러분께 길잡이가 되길 기대한다.大예측

CHAPTER 1
세계 경제 어디로

- 미국 경제 소프트랜딩 할까?
- 중국 경제 5%대 성장 시대로 접어드나?
- 유럽 경제 재침체에 빠질까?
- 일본 경제 재침체에 빠질까?
- 브릭스 경제 기지개 펼까?

2020년 세계 경제는 2019년보다는 낫겠지만 그렇다고 빠른 회복을 기대하긴 어려울 듯하다. 2008년 글로벌 금융위기 이후 나홀로 호황을 누리던 미국 경제가 한풀 꺾일 전망이다. 1차 합의를 이룬 미중 무역분쟁의 향방에 따라 달라지겠지만 중국 경제도 성장률 5% 시대로 접어들 수 있다. 유럽과 일본 경제도 다시 침체에 빠지진 않더라도 반등을 보이긴 어려울 것으로 보인다. 브릭스 국가들도 사정은 마찬가지다. 보호무역주의 강화, 미중 무역분쟁, 브렉시트 등 난제가 여전히 세계 경제를 짓누르고 있다.

미국 경제 소프트랜딩 할까?

정민 현대경제연구원 연구위원(산업분석팀장)

2020년 미국 경제는 소프트랜딩할 전망이다. 미국 경제는 세계 금융위기 이후인 2009년 6월 경기 저점을 지나 2019년 12월 현재 126개월째 확장 국면을 이어가고 있다. 하지만 강도는 약해졌다. 미국 경제가 식어가고 있다는 얘기다. 2019년 3분기 미국 국내총생산(GDP) 성장률은 전기비 연율 2.1%를 기록하며 시장 예상치를 상회하였으나, 1분기 3.1% 대비 둔화하는 모습이다. 미국 경제는 민간소비 증가세는 다소 둔화했지만 견조한 성장세를 유지하고 있고, 투자와 수출을 중심으로 경제 활력이 점차 떨어지고 있다. 미국 경기 확장세가 무한 지속되기 어렵기 때문에 2020년 미국 경제는 둔화가 불가피하다. 더욱이 유럽·중국 등 주변국 경기가 뚜렷하게 꺾이는 상황에서 미국만 나홀로 상승세를 유지하기는 더는 힘들 것으로 보인다. 주요 기관들은 2020년 미

연합뉴스

2019년 미국은 하반기로 갈수록 성장활력이 떨어지면서 경제성장률이 2.5%로 낮아질 전망이다. 사진은 도널드 트럼프 대통령.

국 경제성장률 전망치를 2019년보다 0.2%~0.6%포인트 정도 낮은 2% 전후 수준으로 예측하고 있다. 수출과 투자 부진으로 주요 기업들의 수익성이 낮아지면서 고용 둔화와 임금 상승 저하로 이어질 가능성이 있으나 여전히 소비, 고용 등 다른 부분들은 상대적으로 양호한 모습을 보이고 있어 점진적 둔화인 '연착륙(Soft Landing)' 견해가 우세하다.

견고한 민간소비 증가세, 투자는 부진

미국 경제활동의 70%를 차지하고 있는 민간소비는 양호한 고용시장을 바탕으로 여전히 견고하다. 실업률은 2019년 11월 현재 월 3.5%로 1969년 12월 이후 최저치를 기록하고 있다. 또 비농업 신규 취업자 수는 11월 현재 26만 6000명으로 1~11월 평균 17만2000명보다 높은 수준이다. 더욱이 구인 건수 당 실업자 비율(The Number of Unemployed Persons per Job Openings)은 2019년 9월 현재 0.8로 노동시장에서 여전히 구직자 수보다 일자리 수가 더 많은 상황이다. 한편, 가계 소득 및 가계 소비 증가율은 최근 둔화되고 있지만, 가계 소득 증가율이 소비 증가율을 상회하고 있어 여전히 소비 여력은 존재하는 것으로 판단된다. 시간당 임금 상승률은 최근 12개월 만에 2%대 진입하였지만, 여전히 임금이 늘어나는 중이다.

다만 소매판매 증가율은 추세적으로 둔화하고 있는 가운데 소비자 신뢰지수가 꺾이면서 소비 둔화 우려가 존재한다. 소매판매 증가율은 전월비 기준으로 2019년 9월 현재 -0.3%로 7개월 만에 감소세로 반전하였고, 컨퍼런스 소비자 신뢰지수는 2019년 7월 135.8 포인트로 2019년 최고치를 기록한 후 하락세로 전환되면서 11월 125.5 포인트를 기록했다. 소비심리 지표가 계속 악화할 경우 가계 소비지출 위축 우려는 존재하나 미국 경기는 아직 소비에 기댈 만하다. 그러나 민간 고정투자 증가율은 추세적으로 하락세를 보이고 있는 가운데 관련 선행지표도 마이너스를 기록 중이다. 민간 고정투자 증가율은 2019년 1분기 3.2%에서 2분기

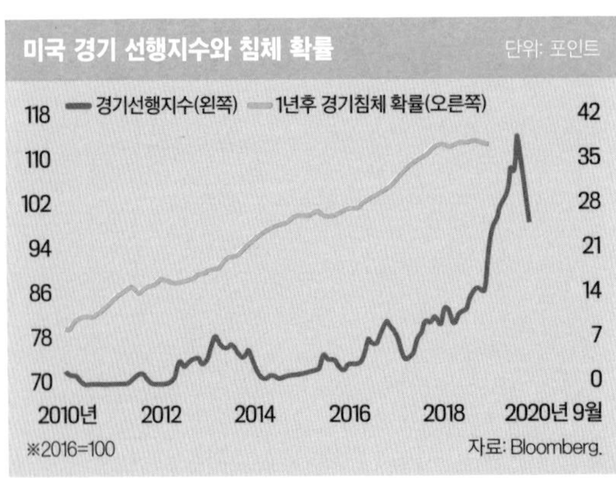

-1.4%로 하락하면서 13분기 만에 마이너로 전환되었고, 3분기도 -0.1%로 여전히 마이너스이다. 또 민간 기업의 투자 수요를 반영하는 비국방자본재수주 증가율은 2019년 1월 3.5%에서 10월 -0.5%로 하락했다. 따라서 투자 부진 지속 등 감안 때 성장 모멘텀 약화는 당분간 지속될 것으로 보인다.

미국 경제는 아직 양호하다. 그럼에도 2020년 미국 경제 전망에 대한 비관론도 상당히 존재한다. 2020년에 다음과 같은 5개 이슈가 미국 경기의 하강폭을 좌우할 것으로 예상한다. 첫째, 제조업 경기 부진의 확산이다. 미중 무역분쟁 등 대외 불확실성 등으로 산업경기 지표는 하락 중이다. 미국의 광공업 전체의 생산활동 동향을 볼 수 있는 산업생산지수는 2018년 4분기 이후 증가세 둔화를 보이다 2019년 10월 현재 108.7포인트로 전년 동월비 -1.1%로 마이너스를 기록했다. 더욱이 ISM 제조업 지수는 2019년 11월 현재 48.1포인트로 2019년 1월 56.6포인트보다 큰 폭으로 하락하면서 산업경기 위축 우려가 가중되고 있다. 여기에 ISM 비제조업 지수도 2019년 1월 56.7포인트에서 11월 53.9포인트로 하락 추세가 이어지고 있어 제조업 부진이 서비스업으로 전이될 가능성이 존재하는 상황이다. 더욱이 미국 공급자관리협회(ISM)의 제조업 및 서비스업 고용지수가 급격한 하락세를 보여, 향후 제조업 부진이 고용시장을 이어질 수 있다는 우려도 제기하고 있다. 이처럼 제조업 부진이 서비스업, 고용 등 경제 전반으로 확산될 경우 경기 하강폭이 더욱 확대될 것이다.

제조업 부진, 서비스업으로 전이 가능성

둘째는 무역전쟁의 역풍 가능성이다. 2019년에 들어 미중 관세분쟁이 격화되고 기업 규제, 환율 전쟁 등으로 분쟁이 확산돼 왔다. 그러나 최근에 미중 무역협상에서 부분적 합의에 도달하면서 양국의 갈등이 다소 완화됐다. 이런 부분적 합의가 완전 타결의 계기가 될 것으로 기대하지만 완전 타결을 도출하기 전까지는 여전히 불확실성이 존재한다. 특히 부분적 합의 도출과 추과 관세는 보류했지만, 현재 시행 중인 관세 조치에는 변동이 없고, 대중 무역제재가 이어진다면 가계와 기업의 어려움이 누적될 것이다. 미국 정책재단(National Foundation for American Policy)에 따르면, 2019년 12월까지 트럼프 행정부가 시행한 중국산 수입품의 관세 인상 조치 및 추가 계획으로 총 321억 달러 규모의 경제 손실이 발생할 것으로 예상하며, 향후 추가적인 관세 조치가 이루어지면 연간 최대 1211억 달러 손실이 발생할 것이라고 발표했다. 또 2019년 12월 31일까지 트럼프 정부가 조치한 관세 부과와 계획으로 소비자들의 부담은 총 1677억 달러로, 2년 동안 가구당 평균 1315달러 정도의 부담이 작용하는 것으로 추계했다. 추가적인 관세를 부과할 경우 가계에 미치는 충격은 더욱 확대될 것이다. 이는 결국 미국 경제의 하방 요인으로 작용할 수밖에 없다.

셋째는 선거와 정책 불확실성이다. 2020년 미국의 빅 이슈는 트럼프 대통령의 재선 성공 여부일 것이다. 미중 무역분쟁의 장기화와 더불어 2020년 미국 대선을 위해 트럼프 행정부가 포퓰리즘적 정책을 펼칠 가능성이 있어, 미국의 정치적 리스크 및 정책 불확실성이 확대될 가능성이 존재한다. 미중 무역분쟁의 장기화로 미국의 무역정책 및 통합경제정책 불확실성이 크게 확대됐다. 최근 미중 무역협상에서 스몰딜이 합의되는 등 분쟁 완화에 대한 기대로 불확실성 지수가 감소하였지만, 분쟁의 핵심 사안에 대해서는 여전히 양국의 입장 차가 존재해 불확실성은 여전히 크다. 또 2020년 미국 대선을 앞둔 상황에서 트럼프 행정부의 낮은 지지율 및 세계 경기의 하락 추세 등을 고려할 때, 트럼프 행정부가 포퓰리즘 성격의 정치·경제 정책을 펼칠 가능성이 존재해 또 다른 정책 불확실성 요인으로 작용할 것이다. 2017년 트럼프 행정부 집권 이후 지지도는 지속적으로 하락해 2019년 12월 현재 지지율 43.7%, 반대율 52.8% 수준이다.

넷째는 통화정책 및 재정정책의 한계이다. 낮은 수준의 정책 금리, 재정 건전성 우려 부각 등으로 통화 및 재정정책은 한계에 봉착할 것이다. 미국 경기 둔화로 미 연준은 추가 금리 인하에 나설 것으로 보이지만 이미 정책 금리는 낮은 수준을 보여 인하 효과는 제한적일 것이다. 트럼프 행정부는 미 연준의 대폭적인 금리 인하를 촉구하고 나서고 있다. 물론 향후 금리 인하로 기업 및 가계 자금 조달 여건 개선될 여지는 존재하나 제한적일 전망이다. 또 2020년 재정수지 적자가 1조 달러를 넘어설 것으로 예상되는 등 재정 건전성 우려가 두드러져 재정 지출이 크게 확대하기 어려울 것이다. 2017년 말부터 감세정책 시행 등 정부의 예산 지출이 크게 확대됐다. 재정 지출 규모는 2018년 4조1000억 달러에서 2019년 4조4000억 달러로 약 7.3%로 증가한 반면 재정 수입은 3조3000억 달러에서 3조5000억 달러로 3.6% 증가하는 데 그쳤다. 이에 재정수지 적자 규모는 동기간 -8000억 달러에서 -9600

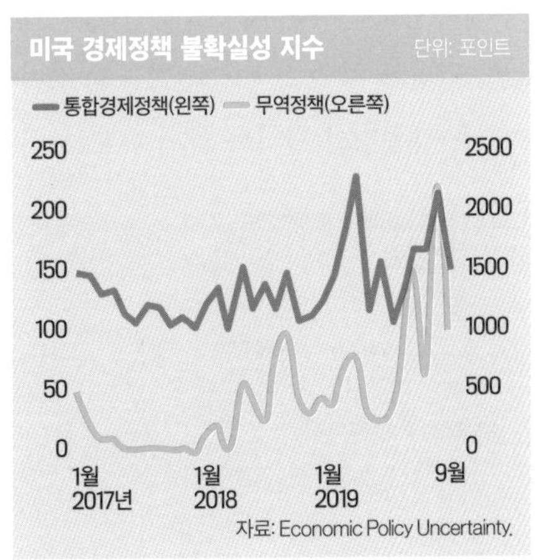

자료: Economic Policy Uncertainty.

억 달러로 큰 폭으로 증가하였고 2020년에는 -1조 달러 넘을 것으로 예상한다. 한편 국가부채 규모도 증가하면서 국내총생산(GDP) 대비 비중이 2018년 77.8%에서 2020년 80.7%로 확대되고 있어 민주당이 장악하고 있는 하원에서 쉽게 추가적인 재정 지출을 용납하지 않을 것이다.

통화·재정정책 효과 한계

마지막으로 달러화 약세 전환 여부이다. 그동안 강세를 보였던 달러화가 미국 금리 인하 가능성, 경기 부진, 글로벌 불확실성 완화 등으로 약세로 전환될 전망이다. 미중 무역분쟁, 브렉시트(영국의 유럽연합 탈퇴) 등 글로벌 불확실성 요인에 따른 안전자산 선호현상과 견조한 소비를 바탕으로 나홀로 성장을 해왔던 미국 경제로 인해 2019년 달러화는 강세를 보였다. 미국 연방준비제도는 경기 부진을 우려해 추가 금리 인하에 나설 것으로 예상되는 가운데 일본, 유럽 등 주요국은 추가 금리 인하 여력이 없는 상황에서 금리 격차 축소로 미 달러화는 약세를 보일 것이다. 또 미국의 경기 둔화, 글로벌 불확실성 완화 등 요인도 달러화 약세 요인으로 작용할 것이다. 특히 2020년 재선을 앞두고 있는 트럼프 대통령의 달러화 약세 유도 노력이 강화될 수 있고 이는 달러화의 변

주요 기관 미국 경제 성장률 전망치 단위: %

구분	2019년				2020년			
	1월 전망	4월 전망	7월 전망	10월 전망	1월 전망	4월 전망	7월 전망	10월 전망
IMF	2.5	2.3	2.6	2.4	1.8	1.9	1.9	2.0
FOMC	-	2.1	2.1	2.2	-	1.9	2.0	2.0
IB	2.5	2.4	2.5	2.3	1.9	1.9	1.8	1.7

※FOMC 전망치는 2019년 3월, 6월, 9월 기준임.

자료: Bloomberg, IMF, FOMC.

동성 확대 또는 달러화 약세로 이어질 여지가 크다. 다만 이번 미중 부분합의에서 지재권, 산업정책 등 민감한 현안에 대한 합의가 이뤄지지 않는 등 글로벌 주요 이슈들의 불확실성이 재부각될 경우 달러 약세는 제한할 것이다.

미국 경제 주시하고 대비책 마련해야

최근 미국 경제지표와 전망치를 보면 2020년 미국 경제는 연착륙 가능성이 크다. 투자와 제조업 부진이 이어지면서 급격한 경기 후퇴(Recession) 우려가 확대됐지만, 최근에 발표된 경제성장률과 실업률 지표가 양호해 그럴 우려는 일단락됐다. 그러나 무역분쟁에 따른 기업심리 악화가 제조업 경기 부진으로 경기 항방을 나타내는 경기선행지수는 2019년 7월 112.2 포인트에서 10월 111.7 포인트로 하락했다. 더욱이 장단기 금리 차로 산출된 향후 1년 뒤 경기 침체 확률은 연초보다 높아지고 있어 미국 경제 성장 둔화가 불가피해 보인다. 경제 불확실성 요인이 산재해 예상보다 빠른 경기 하강 가능성 또한 배제할 수 없는 만큼 미국 경제 상황을 면밀히 주시하고 대비책을 마련해야 한다. 大예측

중국 경제 5%대 성장 시대로 접어드나?

김영익 서강대 경제대학원 겸임교수

중국 경제는 지난 30여 년 동안 연평균 10%에 근접하는 성장을 했다. 그러나 2020년은 5%대 성장에 진입하는 첫해가 될 것이며, 그 이후 10년도 4~5% 성장을 할 가능성이 크다. 성장 내용을 보면 수요 측면에서는 투자와 수출에서 소비 중심으로, 생산 측면에서는 제조업보다는 서비스업 위주로 성장할 것이다.

1980년 이후 중국 경제성장률을 10년 단위로 끊어서 보면 1980년대 연평균 9.8%, 1990년대 10.0%, 2000년대 10.4%로 높아지다가 2010년대는 7.6%로 낮아졌다. 그러나 2010년대 세계 경제성장률이 연평균 3.6% 성장한 것과 비교해 보면, 중국 경제는 여전히 2배 이상 성장한 셈이다.

이에 따라 세계 경제에서 중국이 차지하는 비중도 빠른 속도로 증가하고

시진핑 중국 국가주석은 패권전쟁이 본질인 미중 무역전쟁을 벌이고 있다.

연합뉴스

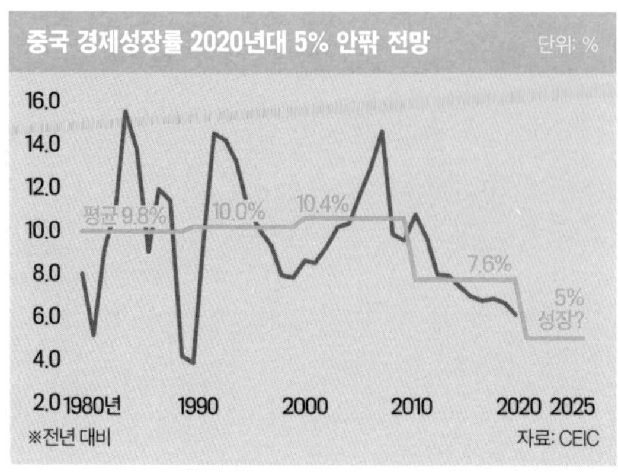

있다. 세계 국내총생산(GDP)에서 중국이 차지하는 비중이 1980년에 2.7%였으나 2000년에는 3.6%, 2010년에는 9.2% 늘어났다. 국제통화기금(IMF)에 따르면 2019년에는 이 비중이 16.2%에 이를 것으로 추정되고 있다. 특히 2008년 미국의 금융위기 이후 증가 속도는 가파르게 진행되었다. 중국의 세계 GDP 비중이 2007년 7.2%에서 2018년에는 15.8%로 2배 이상으로 증가했던 것이다. 같은 기간 중국 GDP가 미국 GDP에서 차지하는 비중도 24.9%에서 65.0%로 급증했다. 2010년에는 중국 비중이 9.2%로 일본(8.6%)을 넘어서면서 세계 2위 경제 대국으로 부상했다.

2020년 이후 5%대 성장국면 진입

2020년 이후에도 중국 경제가 세계에서 차지하는 비중은 지속적으로 증가할 것이다. 그러나 중국 경제성장률이 5% 안팎에 그치면서 그 속도는 다소 둔화할 가능성이 크다. 우선 수요 측면에서 GDP 구성 요인을 보면 투자 중심의 성장 한계가 드러나고 있다. 2008년 미국에서 시작된 금융위기가 전 세계로 확산되면서 2009년 세계 경제는 1982년 이후 처음으로 마이너스 성장(-0.4%)했지만, 중국 경제는 2009년 9.4%, 2010년에 10.6%나 성장했다. '중국만이

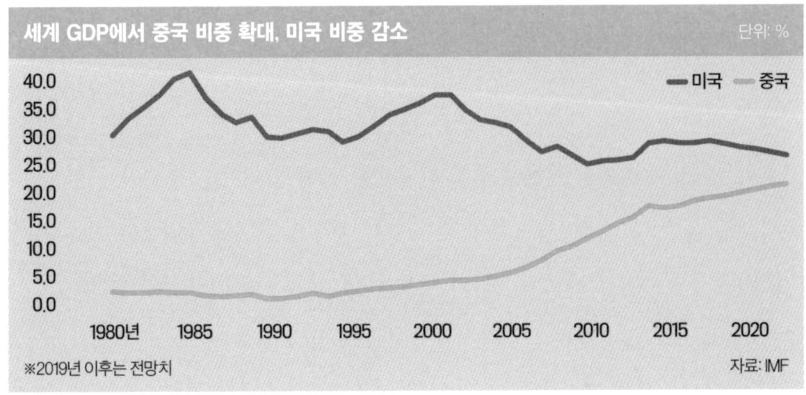

자본주의를 구제한다'라는 말까지 나올 정도였다. 중국 경제가 세계 경제와는 달리 높은 경제 성장을 한 것은 투자가 크게 늘어난 데 있었다. 중국 GDP에서 고정투자 차지하는 비중이 2008년 글로벌 금융위기 전에는 35% 안팎이었으나, 2009년 이후에는 45%를 넘어서기 시작했다. 당시 세계 평균이 22%정도였던 것을 고려하면 다른 나라와 비교할 수 없을 정도로 높은 수준이었다. 투자 증가로 경제성장률은 9%를 웃돌았다. 2009년 고정투자의 경제성장 기여율이 96%에 이를 정도였다.

그러나 투자 중심으로 성장하는 과정에서 부채가 크게 늘었다. 민간부문의 부채가 GDP에서 차지하는 비중이 2008년 138%에서 2017년에는 250%를 넘어섰다. 특히 기업부채가 같은 기간 GDP의 92%에서 167%로 증가했다. 이 비율이 2019년 1분기에는 155%로 낮아졌지만, 여전히 다른 나라와 비교할 수 없을 정도로 높다. 국제결제은행(BIS)에 따르면 같은 기간에 세계 평균이 94%이고, 선진국 89%, 신흥국 101%였다. 중국 정부는 2017년 이후 본격적으로 기업부채를 줄이기 위한 디레버리징(Delveraging) 정책을 펼치면서 동시에 급격한 투자 위축으로 인한 경기 둔화를 막기 위해 5차례 지준율을 인하했다.

그러나 경기 부양 효과는 미약하고 부실기업 부채는 지속적으로 늘어나고 있는 추세이다. 중국 경제가 투자 중심으로 성장하는 시기에 증권시장이 활성화하지 못했다. 그래서 기업이 주식이나 채권 발행 등 직접금융보다는 주로 은행에 자금을 빌려(간접금융) 투자했다. 기업 부실이 곧 은행 부실로 이어질 수밖에 없는 이유이다. 2019년 2분기 현재 중국 상업은행의 부실채권(NPL) 비율이 1.81%로 2011년부터 증가세를 이어오고 있다. 금액으로 보면 2019년 2분기 현재 2조 2352억 위안으로 1년 전보다 1조 위안 증가했다. 앞으로 경기가 둔화되는 과정에서 NPL 비율이나 금액이 급증할 가능성도 크다.

부실 기업과 은행의 구조조정이 지속되는 과정에서 투자가 줄어들 전망이다. 2013년 고정투자가 GDP에서 차지하는 비중이 45.4%를 정점으로 2018년에는 43.1%로 서서히 줄어드는 추세를 보이고 있는데, 2020년 이후에는 그 속도가 더욱 가속화하면서 투자가 경제성장률 하락에 크게 기여할 것이다.

다음으로 수요 측면에서 GDP 구성 요인인 순수출(=수출-수입)을 살펴보자. 순수출이 GDP에서 차지하는 비중이 2000년 2.8%에서 2007년에는 8.6%까지 증가하면서 경제 성장에 크게 기여했다. 그러나 그 이후 비중이 서서히 줄어들기 시작했고, 2018년에는 0.8%에 그쳤다. 그해 순수출이 전년보다 53.4%나 줄어들면서 경제성장 기여율이 마이너스 11.8%에 이를 정도였다. 2020년 이후 수출은 미중 무역전쟁 방향에 따라 달라지겠지만, 낙관적으로 내다볼 수는 없다. 미중 무역 전쟁은 본질적으로 패권전쟁이다. 중국은 그동안 무역 및 제조업 강국을 추구했다. 중국이 최대 무역 강국으로 우뚝 섰고, 세계 제조업에서 24%를 차지할 만큼 제조 강국도 달성했다. 이제 중국은 '중국제조

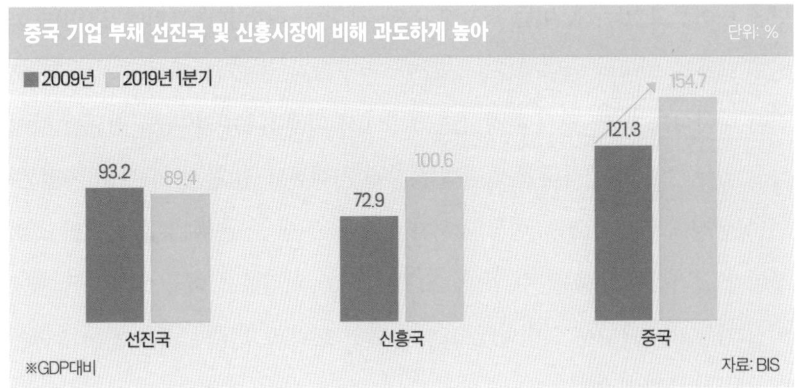

2025' 로 '양적 제조업 대국' 에서 '질적 제조업 강국' 을 모색하고 있다. 2025년까지 첨단의료기기, 로봇, 바이오 기술, 항공우주, 반도체 등을 포함한 10개 하이테크 제조업 분야에서 기업을 육성해, 이들 분야에서 핵심 기술 및 부품과 소재를 70% 이상 자급하겠다는 것이다. 그와 더불어 중국은 위안화 국제화를 포함한 금융 강국을 추구하고 있다.

미국이 주요 상품을 중국보다 싸게 생산할 수는 없다. 미국이 중국보다 경쟁력이 크게 앞서는 부문은 금융을 포함한 서비스업이다. 미국은 중국의 금융시장 개방을 강력하게 요구할 것이다. 또 이와 더불어 대중 수입억제를 위해 관세 등 직접적 무역 규제를 강화할 것이다. 2019년 8월 미국은 중국을 '환율조작국' 으로 지정했는데, 위안화 가치 상승을 통해 대중 무역적자를 줄여보자는 의도가 담겨있다.

중국 경제, 소비와 서비스업 중심으로 성장

미국 경제는 2009년 6월을 경기 저점으로 2019년 12월까지 126개월 확장국면을 이어오고 있는데, 이는 역사상 가장 긴 확장국면이다. 그러나 2019년 하반기 이후로 미국의 산업생산을 포함한 여러 가지 경제지표에서 경기 둔화 조짐이 나타나고 있다. 경기 확장국면 후반에서 미국 GDP의 70% 정도를 차지하고 있는 소비만 증가하면서 경제 성장을 지탱하고 있다. 경제 성장, 기업 수익, 유동성에 비해서 20% 이상 앞서가고 있는 주가가 하락세로 돌아서면 소비심리가 급격하게 위축될 수 있다. 2020년 어느 시점에서 미국 경제가 침체에 빠질 가능성이 크다는 의미인데, 그렇게 되면 트럼프 정부의 대중 통상 압력은 더 높아질 수밖에 없다.

미국 경제 침체와 더불어 통상압력은 중국의 대미 수출을 더 위축시킬 가능성이 크다. 실제로 이러한 추세가 이미 진행되고 있다. 2000년 중국의 수출에서 미국이 차지하는 비중이 20.9%였으나 2010년에는 18.0%로 줄었고, 2019년 1~9월에는 그 비중이 17.1%로 더 낮아졌다. 중국의 대미 수출 감소로 순수출이 경제 성장에 크게 기여할 가능성이 작다는 이야기이다.

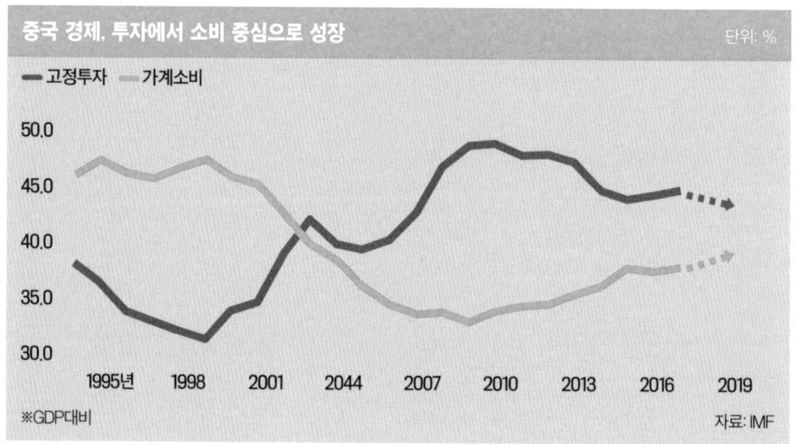

물론 중국은 여전히 순수출이 플러스인 국가로는 남아 있을 것이다. 중국 수출시장으로 유라시아가 있기 때문이다. 중국 수출 중 유럽연합(EU)이 차지하는 비중이 2000년 15.3%에서 2019년(1~9월)에는 17.4%로 증가했고, 특히 아세안(ASEAN) 비중은 같은 기간 6.9%에서 14.0%로 급증했다.

지금까지 살펴본 것처럼 GDP를 구성하는 투자와 순수출로 보면 2020년 이후 중국 경제성장률이 5% 이하로 떨어지면서 중국 경제가 경착륙할 가능성도 배제할 수 없다. 그러나 14억이 넘는 중국 소비자들이 있기에 중국 경제는 5% 정도의 성장은 달성할 수 있을 것이다. 2018년 중국의 1인당 국민소득(GNI)이 9580달러로 10년 사이에 2.5배로 증가했다. 2019년에는 사상 처음으로 1만 달러를 돌파했을 것으로 추정된다. 세계 경제사를 보면 1인당 국민소득이 3000달러를 넘어서면서 소비가 본격적으로 늘고, 1만 달러 이후에는 그런 추세가 가속화했다.

2018년 중국 민간소비가 GDP에서 차지하는 비중이 39.4%로 2008년

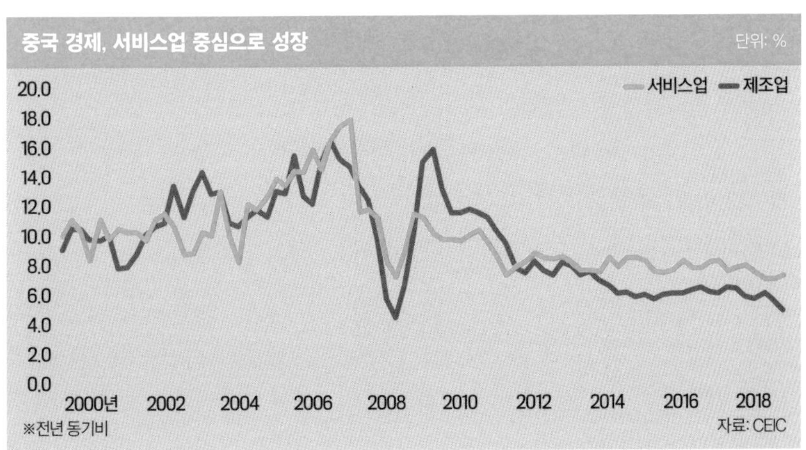

(36.1%) 이후로 꾸준히 증가하고 있다. 그러나 미국(2018년 69.5%), 일본(56.1%), 한국(48.3%)보다 훨씬 낮은 수준이다. 중국의 소비 비중이 지속적으로 증가하면서 투자 비중 감소에 따른 경제 성장률 하락 효과를 상쇄해줄 것이다.

2020년은 중국 경제가 투자에서 소비 중심으로 구조적 변화를 시도하는 한해가 될 가능성이 크다. 장기적 측면에서 보면 중국이 세계 경제에서 '생산자' 역할을 했으나 '소비자'로 변하고 있는 과정이다. 중국 소비자가 위안화로 다른 나라 상품을 사주면서 중국의 무역수지가 적자로 돌아서고 세계 어디서나 위안화를 흔하게 볼 수 있는 시대가 올 수도 있다.

생산 측면의 GDP도 투자에서 소비 중심으로 수요 측면 GDP의 변화를 따라갈 것으로 보인다. 중국 경제는 2차 산업(제조업과 건설업) 중심으로 고성장을 했다. 그러나 산업 구조도 서비스업 중심으로 변모하고 있다. 2차 산업이 GDP에서 차지하는 비중이 2000년 45.5%였으나 2018년에는 40.7%로 낮아졌다. 반면에 3차 산업이 차지하는 비중은 같은 기간에 39.8%에서 52.2%

중국의 주요 경제지표 전망 단위: %

구분	2014	2015	2016	2017	2018	2019	2020	2021
GDP 성장률	7.3	6.9	6.7	6.8	6.6	6.1	5.9	5.7
소비자 물가	2.0	1.4	2.0	1.6	2.1	2.6	2.6	2.2
실업률	4.1	4.1	4.0	3.9	3.8	3.8	4.0	4.0
경상수지/경상GDP	2.3	2.8	1.8	1.4	0.4	1.0	0.8	0.6
재정수지/경상GDP	-1.8	-3.4	-3.8	-3.7	-4.2	-4.5	-4.8	-4.4
국채	3.65	2.86	3.06	3.90	3.31	3.10	2.90	2.99
위안/달러	6.21	6.49	6.95	6.51	6.88	7.08	7.10	7.00

자료: Bloomberg(2019.12.1)

로 크게 증가했다. 특히 중국의 경제성장률이 6%대로 정착한 2016~19년 2차 산업성장률은 5.9%로 GDP성장률(6.6%) 보다 낮았으나, 3차 산업 성장률은 7.6%로 높아 경제성장을 주도했다. 세계 경제에서 서비스업이 기존 제조업과 융합해 새로운 '디지털 경제' 로 가는 추세가 나타나고 있는데, 중국 경제도 예외가 아니다. 중국 경제에서 제조업 성장 둔화에 따른 경제성장률 하락을 서비스업 성장이 어느 정도 막아줄 것이라는 의미이다.

중국 경제에서 2020년은 '바오류'(保六, 6%대 성장 목표)에서 '바오우'(保五, 5%대 성장 목표) 시대로 가는 첫해가 될 것이다. 2020년에는 투자와 수출 위축으로 제조업 경기가 침체 빠지면서 중국 경제가 경착륙할 수도 있으나, 2020년대 10년 중국 경제는 소비와 서비스업 중심으로 5% 안팎의 경제성장을 이어갈 것으로 내다보인다. 大예측

유럽 경제 재침체에 빠질까?

김득갑 연세대 동서문제연구원 객원교수

2018년 하반기 이후 유럽 경제의 성장세 둔화가 빠르게 진행되고 있다. 독일을 포함한 유로지역 경제의 성장 정체가 우려된다. 그동안 유럽 경제의 성장엔진 역할을 해왔던 독일의 부진이 유로지역 전체에 악영향을 주고 있다. 독일은 유럽연합(EU) 경제의 21%, 유로지역 경제의 29%를 차지하는 제1의 경제대국이다. 2017년까지만 하더라도 독일 경제의 성장률이 유로지역의 성장률을 상회했다. 하지만 2018년 들어 국제무역 환경이 악화되면서 수출 주도 성장을 해온 독일 경제의 성장세가 크게 둔화돼 유로지역 성장률을 깎아먹고 있다. 특히 2019년 3분기에 독일 경제가 -0.1% 성장해 기술적 침체(2분기 연속 전기 대비 마이너스 성장)에 빠지는 게 아닌가라는 우려가 있었다. 하지만 독일 정부의 재정완화 정책에 힘입은 민간소비 증가로 어렵사리 전기 대비 0.1%

연합뉴스

에마뉘엘 마크롱 프랑스 대통령(왼쪽)과 앙겔라 메르켈 독일 총리. 프랑스의 제조업·서비스 부문은 견실한 모습을 보였지만 독일은 제조업 부진으로 유럽 경제에 부담이 됐다.

성장했다. 그럼에도 현재 독일은 유럽의 성장엔진 역할을 하기보다 부담스런 존재가 되고 있다.

유럽 경제 버팀목 독일의 부진

최근 발표되는 성장률 지표들은 혼조세를 보이고 있다. 유로지역 경제가 2019년 3분기에 당초 예상(전기 대비 0.1% 성장)보다 높은 0.2% 성장함에 따라 2019년 전체 성장률은 1.2%로 소폭 상향될 가능성이 커졌다. 국내총생산(GDP) 구성 항목들을 살펴보면, 2018년까지는 수출이 경제 성장을 견인해왔으나, 2019년에는 수출을 대신해 내수(특히 민간소비)가 버팀목 역할을 하고 있음을 알 수 있다.

제조업 구매관리자지수(PMI)는 제조업의 강건함을 가늠하는 중요한 척도다. 영국의 IHS 마킷은 설문조사 결과와 국별 데이터를 토대로 월별 PMI 지수를 발표하고 있다. 지수가 50 이상일 경우 전월에 비해 산업 활동이 증가했음을 나타내며, 50 이하인 경우는 위축되었음을 뜻한다. 2007년 1월부터 집계된 유로지역 제조업 PMI는 2009년 2월에 역사상 가장 낮은 33.5를 기록한 바 있다.

2007~2019년 유로지역의 월별 제조업 PMI는 평균 50.93을 기록했다. 유로지역의 제조업 PMI는 2017년 12월에 60.6로 최고치를 기록했으며, 이후 계속 하락해 2019년 1월에는 50.5를 나타냈다. 이때까지만 하더라도 유로지역의 제조업은 성장세를 유지하고 있었다. 하지만 이후 제조업 활동이 위축돼 2019년 2월부터 제조업 PMI가 50 이하로 떨어졌다. 2019년 9월 45.7→10월 45.9→11월 46.9로 제조업 PMI가 상승세를 보였지만 여전히 50선을 밑돌고 있다. 이는 유로지역의 제조업 활동이 10개월 연속 위축돼 있음을 뜻한다. 신규 주문과 수출 주문, 생산이 모두 부진하고 고용 악화가 이어지고 있다. 유로

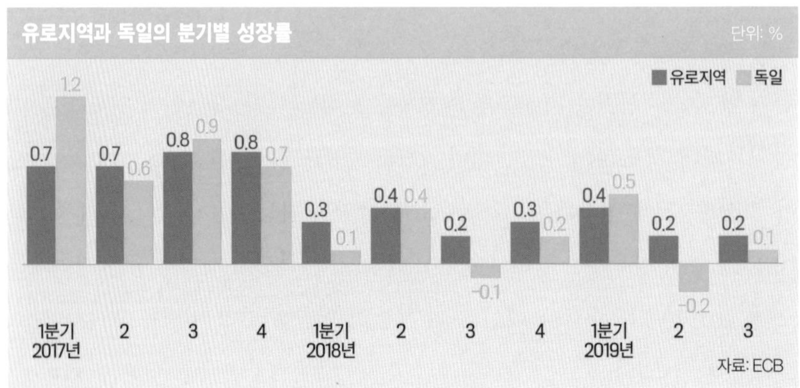

지역의 제조업은 미중 무역분쟁과 브렉시트(영국의 유럽연합 탈퇴)의 불확실성으로 지난 6년 동안 가장 심각한 침체 국면을 맞고 있다. 2019년 11월 유로지역의 PMI 지수에 따르면, 고용 증가세 둔화에 따른 제조업 위축 현상이 서비스 부문으로 전이될 조짐까지 보이고 있다.

독일 제조업 부진, 서비스 부문으로 확산

국가별로 보면, 프랑스는 서비스 부문의 견실한 성장세와 제조업의 생산 증가세 회복, 그리고 민간 부문의 견조함에 힘입어 제조업 활동이 가장 양호한 모습을 보이고 있다. 이와 달리 수출 제조업의 비중이 큰 독일은 최악의 부진 상태가 이어지고 있다. 오스트리아와 스페인도 위축 상태를 보이고 있으며, 이탈리아는 지난 8개월 동안 최저치를 기록했다.

유럽 경제를 견인해온 독일에서 투자·수출 등 여러 부문의 지표가 뚜렷한 약세를 보이고 있다. 특히 제조업 부문이 부진한데, 상대적으로 양호한 서비스·고용 부문도 제조업 부진으로 타격을 받을 가능성이 우려된다. 독일의 2019년 11월 제조업 PMI는 44.1로 유로지역 4개국 중 가장 낮은 수치(프랑스 51.7, 이탈리아 47.6, 스페인 47.5)였다. 특히 2012년 8월 이후 최저치였다. 다른 유럽 국가들에 비해서도 제조업 생산 감소가 심각하다. 독일은 GDP 중 제조업 및 연관 서비스의 비중이 30%에 근접해 다른 나라에 비해 높다.

독일 제조업의 약화 원인으로 중국의 수요 둔화를 꼽을 수 있다. 제조업이 견조한 프랑스에 비해 독일은 유럽 수요 비중이 작고 중국 수요 비중이 큰데, 중국 노출도가 높은 산업의 성장률이 부진하다. 그나마 독일의 2019년 11월 서비스 PMI는 51.7로 아직 양호한 편이다. 독일의 제조업과 서비스업 PMI

간 격차는 2019년 들어 크게 확대됐다. 과거 두 부문 간 격차가 오래 지속되지 않았다는 점을 감안한다면, 서비스업이 제조업을 따라 동반 부진해질 가능성이 크다. 제조업 기업들이 인력 감축에 나서고 있어 운송·물류·저장 등 제조업 경기와 민감한 서비스 업종의 고용지수가 이미 하락 추세다. 앞으로 브렉시트 협상, 미중 무역분쟁, 미국의 대(對) EU 자동차 관세 부과 등의 대외 변수가 독일 제조업은 물론 독일 경제 전체의 향방을 좌우할 것으로 보인다.

노동시장 여건도 악화될 조짐

최근 유로지역 경제는 수출 부진을 내수 부문, 특히 민간소비로 만회해왔다. 유로지역의 실질 소비증가율은 매분기 0.2%(전기 대비) 내외를 유지하고 있다. 이게 가능했던 것은 정부이전소득과 임금소득의 상승으로 가계의 실질가처분소득이 증가했기 때문이다. 정부이전소득은 국가부채 관리에 어려움을 겪고 있는 일부를 제외한 대부분의 국가에서 탄력적인 재정정책에 힘입어 2018

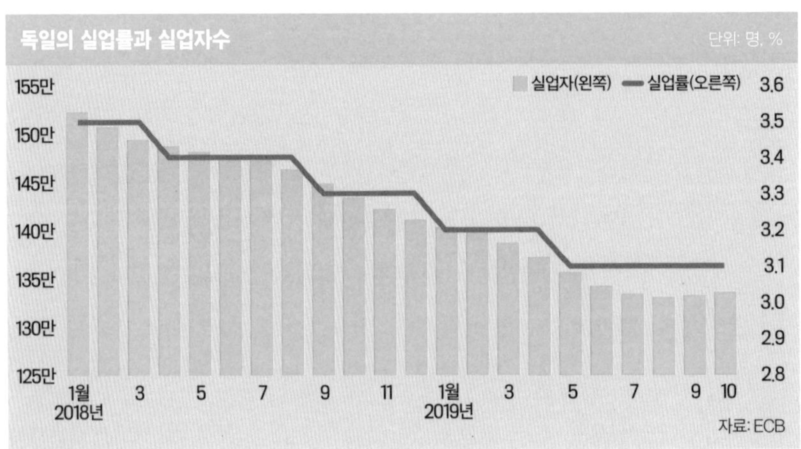

년 중반 이후 0.2~0.4%의 증가율을 보이고 있다. 임금소득은 2008~2013년 중반까지 정체 내지 마이너스 증가율을 보였다. 하지만 이후부터는 고용 증가와 임금 상승 등 노동시장의 여건 개선에 힘입어 임금소득이 매분기 0.3~0.5% 증가해 민간소비의 주요 소득원 역할을 해왔다.

하지만 '고용 증가(실업 감소)→임금 상승→가계소득 증가→소비 증가'의 선순환 구조가 깨질 조짐이 나타나고 있다. 경기후생지수인 실업률을 보면 유로지역의 경기 흐름이 악화되고 있음을 감지할 수 있다. 2013년 4월 최고치(12.1%)를 기록했던 유로지역의 실업률은 꾸준히 하락했지만 최근 들어 소강상태를 보이고 있다. 유로지역의 10월 실업률은 7.5%로 전월(7.6%)에 비해 소폭 하락해 2008년 7월 이래 최저수준을 기록하였다. 하지만 실업률 하락 속도가 확연히 둔화되었다. 또한 10월 유로지역의 실업자 수도 전월에 비해 3만 1000명 감소했으나 예년에 비해 감소폭이 줄고 있다. 특히 제조업 강국 독일을 보면, 노동시장 상황이 악화되고 있음을 확인할 수 있다. 독일의 실업률은 서유럽 국가 중에서 여전히 가장 낮지만, 5월 이래 6개월 연속 3.1%에 머물러 있다. 문제는 그동안 꾸준히 감소하던 독일의 실업자 수가 제조업 경기 위축으로 지난 9월부터 증가세로 돌아섰다는 것이다.

유럽중앙은행(ECB)와 국제통화기금(IMF), EU집행위원회는 2020년 유로지역 경제가 2019년보다 소폭 높은 성장률을 기록할 것으로 예상하고 있다. 이와 달리 다수의 민간 예측기관들은 유럽 경제의 부진을 예상해 유로지역의 경제성장률을 2019년보다 낮게 잡고 있다. 유럽계 투자은행들은 미국계 은행들보다 더 비관적이다. UBS와 BNP파리바는 글로벌 보호무역주의 확산과 브렉시트의 불확실성을 이유로 2020년 유로지역의 경제 전망치를 0.7%로 하향 조정했다. 하지만 최근 발표된 2019년 3분기 경제성장률 지표는 유로지역 경제의 둔화세가 당초 예상보다 심각하지 않을 수 있음을 보여준다. 과연 2020년에 유로지역 경제는 바닥을 찍고 상승세를 지속할 수 있을 것인지, 아니면 정체 혹은 다시 침체에 빠질지 귀추가 주목된다.

현재 유로지역 경제를 둘러싼 대외 환경은 매우 불확실하다. 유로지역 경제는 미국이나 중국과 달리 대외 충격과 글로벌 수요 둔화에 민감한 취약한 구조를 지니고 있다. 이 때문에 유로지역 경제는 ▶저성장·저물가 기조가 지속되느냐('L'자형) ▶성장 둔화세가 멈추고 회복세로 돌아서느냐('V'또는 'U'자형) ▶아니면 부진이 심화돼 침체에 빠지느냐 하는 중대 기로에 놓여있다. 이탈리아 채무위기와 같은 내부충격 가능성을 배제할 수는 없지만, 유로지역 경제가 침체에 빠진다면 내부 요인보다 외부 요인 탓일 가능성이 크다.

2020년 유로지역 경제의 향방은 대외 변수와 정책 대응에 좌우될 것이다. 우선, 유로지역 경제에 영향을 줄 대외 변수로는 세계 무역환경과 브렉시트 협상을 들 수 있다. 세계 무역환경은 2020년 11월 대선을 앞둔 미국의 무역정책이 변수로 작용할 전망이다. 미중 무역협상에 획기적인 진전이 있느냐와 트럼프 행정부가 EU산 자동차와 자동차 부품에 관세를 부과할 것이냐가 최대 관건이다. 다수의 통상 전문가들은 중국과의 1단계 무역협상을 타결한 미국이 EU에 대해서는 압박 강도를 높이는 수준에서 2020년 무역환경이 형성될 것으로 예상하고 있다. 국제무역 환경이 최악의 상황으로 치닫지 않을 거라는 전망이다. 하지만 트럼프 대통령이 대선 전략의 일환으로 더욱 강경한 입장을 취할 가능성도 배제할 수 없는 상황이다. 미국이 주요 타깃을 중국에서 EU로 변경할 가능성도 있다. 미·EU 자유무역협상에 별다른 진전이 없는 가운데 디지

털세(Digital Service Tax)와 에어버스·보잉 보조금 분쟁 등으로 미·EU 간에 무역분쟁이 본격화될 소지가 있다. 미국은 자동차 관세 유예 시한(2019년 11월 13일) 종료 이후 아직 별다른 움직임을 보이고 있지 않으나 상황에 따라서는 무역적자의 최대 주범인 EU산 자동차 및 부품에 대한 관세부과 카드를 꺼낼 가능성이 있다. 이 경우 독일·헝가리·슬로바키아·체코 등 자동차 수출 비중이 큰 국가들의 수출은 위축될 수밖에 없다.

한편, 브렉시트의 불확실성도 2020년에 유로지역 경제와 영국 경제에 부담으로 작용할 가능성이 크다. 2019년 12월 12일 총선에서 압승한 존슨 총리가 이끄는 집권 보수당이 기존에 합의된 탈퇴협정(withdrawal agreement)으로 영국 의회를 통과해도 앞으로 진행될 EU와의 미래 관계(future relationship) 협상은 견해 차이가 커서 난항이 예상된다. 이 경우 노딜 브렉시트의 현실화 우려가 2020년에도 유럽 경제 성장에 악재로 작용할 것으로 전망된다.

다음으로는 유로지역 경제가 악화될 경우 ECB와 각국 정부가 얼마나 적극적으로 정책 대응에 나설 수 있느냐가 중요하다. ECB는 이미 9월에 경기 위축을 우려해 예치금리를 10bp(1bp=0.01%) 인하하고 중단했던 양적완화정책(월 200억 유로 자산 매입)도 재개했다. 문제는 금리 인하 여력이 한계에 도달했고 양적완화정책의 효과도 예년에 비해 제한적이라는 점이다. 또 회원국

차원의 재정 확대 정책도 크게 기대하기 힘든 상황이다. 경기 활성화를 위해서는 독일·네덜란드·핀란드 등 재정 여력이 있는 회원국들이 적극적으로 재정 확대에 나서야 한다. 독일의 경우, 재정지출 여력이 양호함에도 국내법에 따른 엄격한 규제가 재정지출을 제약하고 있다. 일각에서는 독일이 약 600억 유로의 재정지출 여력을 지닌 것으로 평가하고 있으며, 경기 부양을 위해 독일 정부가 적극 나설 것을 주문하고 있다. 하지만 독일 정부와 정치권에서는 마이너스 성장 때만 기존의 균형재정정책(black zero)을 포기할 것으로 예상된다.

UBS는 국제무역환경과 그 영향에 따라 2020년 유로지역 경제의 향방을 세 가지로 상정하고 있다. 이에 ECB의 전문가 설문조사 결과를 종합해 2020년 유로지역 경제의 향방을 세 가지 시나리오로 정리해본다.

첫번째 시나리오는 확률 50%의 시나리오로, 유로지역 경제가 2019년 수준의 성장률(1.0~1.4% 내외)을 유지하는 경우다. 이 시나리오는 미중 무역분쟁이 더 이상 악화되지 않고 미·EU 간 무역협상도 진전을 보는 것을 전제로

주요 기관들의 유럽 경제성장률 전망

단위: %

구분	전망시점	EU(28개국)			유로지역(19개국)		
		2018년	2019년	2020년	2018년	2019년	2020년
ECB	2019년 9월	-	-	-	1.9	1.1	1.2
IMF	2019년 10월	2.0	1.5	1.6	1.9	1.2	1.4
EU집행위	2019년 11월	2.0	1.4	1.4	1.9	1.1	1.2
OECD	2019년 11월	-	-	-	1.9	1.2	1.1
BNP파리바	2019년 10월	-	-	-	1.9	1.1	0.7
골드만삭스	2019년 11월	-	-	-	1.9	1.2	1.1
UBS	2019년 11월	-	-	-	1.9	1.1	0.8
도이체방크	2019년 12월	-	-	-	1.9	1.1	0.8

자료: 각 기관 종합

한다. 다만, 국제무역환경이 개선되더라도 기업의 주문 증가 및 자신감 회복까지는 더 많은 시간이 필요할 것으로 전망된다. 이 시나리오에서 ECB는 2020년 3월에 예치금리를 한차례 인하할 것으로 예상된다. 민간소비가 완화적인 금융정책과 재정정책에 힘입어 경제 성장을 견인할 것으로 보인다.

두번째는 유로지역 경제의 침체 시나리오다(확률 30%). 미중 무역분쟁의 확대와 미국의 대(對)EU 자동차관세 부과 등으로 무역환경이 악화되고 영·EU 간 미래 관계 설정 협상 실패로 노딜 브렉시트가 현실화된다. 이런 상황에서 정책 대응이 신속히 이루어지지 않아 제조업의 부진이 서비스 부문으로 전이되고 부진한 수출을 상쇄해왔던 민간소비도 고용 악화와 소비심리 위축으로 성장엔진 역할을 하지 못한다. 이 경우 유로지역 경제는 침체에 빠지게 된다(경제성장률 0.5~0.9%).

유럽경제 둘러싼 세 가지 시나리오

세번째 시나리오(확률 20%)는 경제성장률이 2019년 수준을 크게 웃도는 낙관적인 경우다(경제성장률 1.5~1.9%). 무역환경의 획기적인 개선과 이에 따른 세계 경제의 가파른 성장, 그리고 유로화 약세에 힘입어 유로지역의 수출이 빠르게 증가하고 회원국들의 재정지출 확대를 통한 내수 호조세도 지속될 전망이다. 또 브렉시트 협상의 진전으로 유럽 정치적 리스크가 완화됨으로써 경제 회복이 빠르게 진행될 것이다. 大예측

일본 경제 재침체에 빠질까?

이지평 LG경제연구원 상근자문위원

일본 경제는 2019년 3분기까지 4분기 연속으로 플러스 성장을 기록했지만, 경기는 전반적으로 부진한 모습을 보였다. 2019년 3분기에는 4분기의 소비세 인상을 앞두고 선구매 수요가 다소 늘어났는 데도 실질 국내총생산(GDP) 증가율은 전분기 대비 연률 기준으로 0.2%(1차 발표치)에 그쳤다. 세계 경제의 둔화와 함께 내수도 부진하면서 일본 경제의 활력도 떨어지고 있다.

일본 내각부가 발표하고 있는 '경기 워처(Watcher)' 조사(2019년 10월 기준)를 보면 경기판단지수가 전월 대비로 10포인트 하락한 36.7로 동일본대지진 직후의 2011년 5월 이래 가장 낮은 수준에 그쳤다. 이번 소비세 인상은 2%포인트였지만 경기판단지수는 지난 2014년 4월에 소비세가 3%포인트 인상된 당시보다도 악화한 것으로 나타났다. 경기 워처 조사는 경기에 민감한 업

중앙포토

2019년 5월 일본은 새 연호를 '레이와'로 정했다.

종·직종의 경영자와 현장 담당자 2000명을 대상으로 실시되고 있는 길거리 경기 조사이다. 10월 조사에서는 지방 소매 업체 등에서 방문객 감소가 우려됐으며, 태풍의 영향과 함께 한국인의 일본 여행 기피에 따른 외국인 소비 감소도 경기 둔화에 일정한 영향을 준 것으로 나타났다. 전반적으로 소비·투자·수출 등의 기본적인 수요가 기조적으로 부진한 모습을 보였다.

경기판단지수, 동일본대지진 이래 최저

기업 경기도 전반적으로 나빠지고 있다. 미중 무역전쟁의 여파로 중국에 이어 미국과 유럽 경기도 둔화하면서 세계적으로 제조업 경기가 악화하고 일본 기업의 투자 마인드도 위축되고 있다. 대기업 제조업의 2019년 3분기 체감경기지수(일본은행 단기경제관측 조사)이 경우 3분기 연속으로 하락해 경기 판단의 분기점인 0%에 근접한 모습을 보였다. 일본의 수출(엔화 계산 기준)은 2018년 12월 이후 2019년 9월까지 10개월 연속 감소세를 보여 생산·투자가 둔화하는 등 기업 경기가 부진했다. 2019년 10월의 산업생산지수는 전월 대비 4.2% 하락했다. 그동안 호조를 보여왔던 공작기계 등 일본이 강한 제조 업체들의 경우도 중국의 수요 위축 영향을 받았으며, 자동차 업종에서도 세계적인 수요 부진의 영향에서 자유롭지 못했다. 그 결과, 종합적인 경기상황을 나타내는 경기동행지수도 2019년 9월 기준으로 전년 같은 달 대비 -1%에 그쳤으며, 선행지수는 전년 같은 달의 -7.2%로 뚜렷한 하락세를 보였다.

이에 따라 일본 경제는 2019년 10월의 소비세 인상으로 4분기에 마이너스 성장에 빠질 것으로 예상하고 있다. 물론 세계 경기 측면에서 보면, 미중 무역마찰의 한정된 합의 가능성, 미국의 금융완화 등과 함께 IT 경기지표도 서서히 회복될 기미를 보이기 시작한 것은 일본 경제에도 긍정적으로 작용할 수 있다. 그러나 미중 무역 협상이 한정된 규모로 합의해도 이미 시작된 미국과 유럽 경기의 둔화를 막기에는 역부족이다. IT 경기 회복세도 바닥을 다지면서도 적어도 2020년 상반기

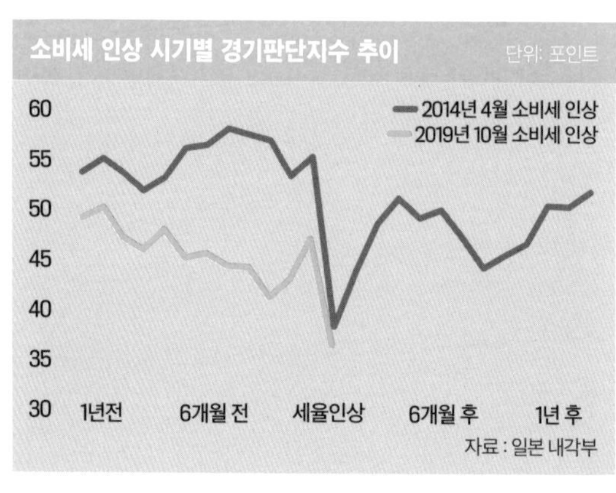

까지는 상승세가 극히 미미한 부진 상태에서 크게 벗어나지 못할 가능성도 있어서 일본 제조업의 수출과 투자 경기가 단시일에 크게 회복되기는 어려운 상황이다.

당분간 세계 경기의 회복세는 불확실하고 일본의 수출 경기도 뚜렷한 증가세를 보이기 어려울 것으로 보이는 가운데 내수 측면에서도 일본 경제의 회복이 당분간 어려울 것으로 보인다. 특히 일본 경제가 전반적으로 둔화하고 있는 가운데 2019년 10월 1일에 실시된 소비세 인상 조치로 2019년 4분기에는 마이너스 성장을 보일 것으로 예상한다.

소비세 인상까지 겹쳐 4분기 성장률 마이너스

전반적인 소비 부진 속에서도 소비세 인상 직전에 각종 소비재를 미리 사려는 소비패턴이 나타나 4분기에는 그 후유증으로 소비가 위축되는 현상이 어느 정도 나타나고 있다. 예를 들면 소비세 인상 직전이었던 2019년 9월의 경우 가계조사 기준으로 냉장고에 대한 지출이 전년 같은 달보다 239.1% 증가했다. 다른 품목 소비도 늘었다. 전자레인지 203.6%, 자전거 180.9%, 콘택트렌즈 96.7%, 화장품(파운데이션) 84.6%, 교통카드 89.5%를 기록했다. 이런 소비 급증세는 4분기에는 소비 급락세의 원인이 될 수 있다. 실제로 2019년 11월의 자동차 판매 대수는 전년 같은 달보다 14.6% 감소했으며, 백화점 매출액도 10월, 11월 연속으로 감소세를 기록했다.

최근의 소득양극화 경향 속에서 어려움을 겪어온 일본 서민층의 경우 소비세가 8%에서 10%로 인상된 것은 적지 않는 부담으로 인식돼 소비세 인상 이전부터 소비심리가 악화하고 있다. 다만, 이번 소비세율의 인상폭이 지난

2014년의 3% 포인트보다 낮은 2%포인트에 불과하며, 일본 정부가 각종 소비 진작 정책을 아울려 강구한 효과도 기대되고 있다.

지난 2014년의 소비세 인상에 따른 각 가정의 부담 금액은 8조2000억엔이었지만 이번에는 5조7000억엔으로 시산하고 있다. 또 식료품 등을 예외로 하는 소비세 경감 조치로 1조1000억엔 정도 소비자 부담이 줄어드는 데다 유아 교육 무료화 등의 사회보장 지원으로 각 가정이 받는 지원금이 3조엔을 넘는다.

일본 정부는 소비세 인상에 대비한 가계 지원 정책과 함께 추경예산을 통해 공공투자를 중심으로 경기대책을 확대할 방침이어서, 2019년 4분기의 마이너스 성장세가 2020년 상반기까지 이어질 가능성은 작아 보인다. 일본 정부의 소비세 인상 관련 보완책에도 힘입어서 소비세 인상에 따른 수요의 급증과 급락의 폭이 과거에 비해 적어진 것으로 보이며, 전반적으로 고용 사정도 양호한 편이다. 2020년 1분기에는 세계 경제의 급변이 없는 한 일본 경제는 플러스 성장세를 회복하게 될 것으로 보인다.

2020년 1분기에 플러스 성장세를 회복하더라도 일본 경제의 향방은 쉽지 않아 보인다. 기업 설비투자 측면에서는 선행지표가 될 기계 수주액(선박 및 전력을 제외한 민간수요 기준)은 2019년 9월 기준으로 전월비 -2.9%로 3개월 연속 마이너스를 기록했다. 특히 제조업이 -5.2%에 그쳤다.

2014년의 소비세 인상 당시에는 소비 위축 충격이 이번 소비세 인상보다도 컸지만, 세계 경기의 호조, 수출 확대, 설비투자 회복이라는 선순환으로 일본 경기의 추락을 막았는데 이번엔,ㄴ 이런 패턴을 기대하기가 어려울 것으로 보인다. 지난번의 경우 일본은행의 추가 금융완화에도 힘입어 엔저 현상이 더

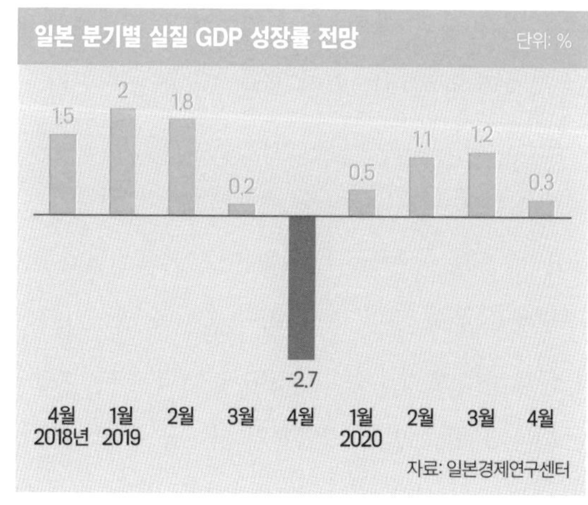

욱 확대됐지만 이번에는 추가 금융완화가 이뤄져도 엔저 유도 효과나 일본 기업의 설비투자 촉진 효과를 크게 기대하기 어려운 상황이다.

다만, 장기 구조적인 측면에서 보면 일본 기업은 인력 부족에 대응하면서 노후화된 설비의 갱신과 자동화에 주력해야 할 입장에 놓여 있어서 설비투자 수요는 꾸준할 것으로 보인다. 자동차 산업에서는 자율주행, 전기자동차화, 셰어링 서비스 대응 등에 대한 투자가 구조적으로 확대 추세이며, 그 이외의 산업에서도 5G 대응, 비즈니스 모델의 디지털 트랜스포메이션 등과 관련된 투자 수요도 꾸준히 확대될 것으로 보인다. 엔저의 추가 가속화는 어려운 상황이지만 세계 경기의 둔화에도 일본의 해외투자 호조세 지속과 함께 엔고 압력도 높지는 않을 것으로 보여 일본 기업의 설비투자가 2020년에 크게 위축될 가능성은 작다고 할 수 있다. 특히 IT 경기의 회복세가 2020년 후반에 더욱 확대될 경우 전자 등 관련 분야의 투자 회복세가 뚜렷해질 가능성은 있다.

소비의 경우 소비세 인상의 영향과 함께 일본 기업의 수익 둔화에 따른 실질임금 상승 제한 탓에 가처분 소득이 늘어나기는 어려울 것으로 보여 정체 경향이 이어질 것으로 보인다. 소비세 인상 직후의 충격은 일본 정부의 생필품

세율 경감 등의 대책에도 힘입어서 2020년 1분기에는 완화될 것으로 보이지만 그 이후의 확대는 쉽지 않을 것으로 예상하다

소비세 인상, 실질임금 상승 제한으로 소비 정체

2019년 9월 기준으로 실업률은 2.4%로 8월의 2.2%에서 다소 악화하고 유효구인배율(유효 구인 수/유효 구직자 수)도 2019년 1월의 1.63배에서 9월에는 1.57로 하락했다. 아직 저실업과 인력 부족 경향이 지속되고는 있으나 그 수준이 완화되고 있고 기업들의 상여금 등 임금 상승세가 둔화할 것으로 보인다. 사실 제조업의 경우 2019년 9월 기준으로 잔업시간이 전년 같은 달보다로 9.3%나 감소했다. 잔업 수당에 의존하는 경향도 강한 일본 가계로서는 소비세 인상, 각종 사회보장 부담 확대 추세와 함께 임금 상승 제한으로 소비 마인드 개선이 쉽지 않은 상황이라고 할 수 있다. 다만 2020년에는 도쿄올림픽의 개최를 계기로 다소 소비심리가 개선되는 효과, 외국인 관광객의 확대에 따른 일본 내 소매매출 확대 효과도 기대되고 있다.

일본 정부와 여당은 재정 확대를 통한 경기부양책에 주력하고 있다. 2019년 12월 5일에 재정지출 13조2000억엔, 총사업 규모 26조엔에 달하는 경기대책을 각의에서 결정했다. 일본 정부는 관련 예산을 2019년 추경예산과 2020년 예산에 반영할 방침이다. 소비세 인상의 후유증 억제와 함께 2020년 도쿄올림픽 이후의

주요 35개 연구기관의 일본 경제 전망 단위: %

	2019년	2020
실질 경제성장률	0.7	0.39
내수 기여도	0.9	0.3
민간수요	0.4	0.1
공공수요	0.5	0.2
해외수요 기여도	-0.2	0.0

자료: 일본경제연구센터

경기 둔화 압력을 완화시킬 것으로 보인다. 공공투자, 중소기업 지원책 등의 단기 경기대책과 함께 포스트 5G 등 통신 분야, 건강 및 의료 분야에서의 대형 연구프로젝트 지원, 젊은 연구자에게 최장 10년간 평균 연봉 700만엔을 지원하는 과학기술 기반 강화 정책 등의 중장기 산업경쟁력 강화 대책 등을 담았다. 이들 대책이 일본 경기의 추락을 막는 데 일조할 것으로 보인다.

한편, 일본 중앙은행의 추가 금융완화 정책으로 마이너스 금리가 확대되는 것은 지방은행의 경영을 더욱 악화시킬 우려가 있다. 이에 따라 일본은행은 소폭의 추가 금융완화 및 완화 기대 지속을 통해 엔고 압력의 억제에 주력할 것으로 보인다.

26조엔의 경기 부양책 마련

일본 경제는 2019년 4분기에는 마이너스 성장에 빠진 것으로 보이지만 2020년 상반기에는 소폭의 플러스 성장을 회복할 것으로 보인다. 그러나 전반적인 가계 가처분 소득의 부진, 수출 경기의 부진 등으로 성장 정체 경향이 장기화할 가능성이 있다. 도쿄올림픽 직후의 경기 둔화는 우려되지만 막대한 재정확대 정책으로 경기 추락을 억제할 것으로 보인다. 결국 2020년의 경우 수출, 설비투자, 소비의 부진이 이어지면서 일본의 주요 연구기관들은 2020년 일본의 실질 경제성장률이 0.4% 정도에 그쳐 2019년의 0.7% 정도보다도 낮아질 것으로 전망하고 있다. 大예측

브릭스 경제 기지개 펼까?

황정일 기자

브릭스가 결성된 건 2000년대 초반이다. 2001년 투자은행 골드만삭스가 21세기 미국과 함께 세계를 이끌어갈 신흥국으로 중국·브라질·인도·러시아를 꼽으면서 '브릭(BRIC)'이라는 용어를 처음 사용했다. 이후 2011년 남아프리카공화국(S)이 합류하면서 브릭스가 됐다. 2006년 첫 정상회담이 열렸고, 2009년부터 연례행사로 자리 잡았다. 2019년에는 11월 13일(현지시간) 브라질의 수도 브라질리아에서 5개국 정상이 모였다. 브릭스는 세계 인구의 42%, 국내총생산(GDP)의 23%, 전체 면적의 30%를 차지하는 거대 그룹으로 그동안 세계에 큰 영향을 끼쳐왔다. 2014년에는 참가국의 경제 발전을 위한 신개발은행(NDB) 설립이라는 성과도 냈다. 미국과 유럽 주도의 국제통화기금(IMF), 세계은행(WB)에 맞서 국익을 극대화하겠다는 의도였다. 하지만

2019년 11월 13일(현지시간) 브라질에서 열린 제11차 브릭스 정상회의에 참석한 정상들. 왼쪽부터 푸틴 러시아 대통령, 시진핑 중국 국가주석, 보우소나루 브라질 대통령, 라마포사 남아공 대통령, 모디 인도 총리.

NDB는 별다른 성과를 내지 못하고 있다.

최근에는 회원국 간 이해관계가 엇갈리면서 불협화음을 내고 있다. 중국과 인도는 2017년 국경 분쟁을 겪었다. 베네수엘라 문제를 놓고는 중국과 러시아가 대립하고 있다. 자이르 보우소나루 브라질 대통령은 2018년 대선 과정에서 중국을 공개적으로 비판해 반발을 불렀고, 최근 사퇴한 에보 모랄레스 전 볼리비아 대통령 문제를 놓고 러시아와도 마찰을 빚기도 했다. 이 같은 불협화음을 두고 "브릭스는 끝났다"는 직설적인 분석도 나온다. 국제신용평가사인 스탠다드앤드푸어스(S&P)는 2019년 10월 발표한 보고서에서 "브릭스는 더는 의미가 없다"며 "5개 나라의 경제 궤적이 갈리면서 브릭스를 하나의 그룹으로 분석하기 어려워졌다"고 지적했다. 회원국 간 최근의 분위기가 어떻든 인구, 경제 규모 면에서 브릭스가 세계 경제에 미치는 영향이 여전히 작지 않다. 한국 등에겐 여전히 기회의 땅이기도 하다. 이 때문에 이들 나라의 경제 상황을 꼼꼼히 살펴볼 필요가 있다.

브라질의 정치적 불안 여전

브라질 경제는 여전히 바닥권을 맴돌고 있지만, 그래도 조금씩 살아날 기미를 보이고 있다. 지속적인 기준금리 인하와 보우소나루 대통령의 핵심 공약이었던 연금개혁안이 2019년 10월 의회를 통과하면서 경제가 좋아질 것이라는 기대감도 커지고 있다. 브라질의 부도 위험 지표인 신용부도스와프(CDS) 프리미엄은 6년여 만에 최저 수준까지 내려갔다. 브라질 언론에 따르면 브라질의 CDS 프리미엄은 2019년 10월 기준 117bp(베이시스포인트, 1bp=0.01% 포인트)를 기록했다. 2013년 5월 이후 가장 낮은 수준이다. CDS 프리미엄 하락은 해당 국가와 기업의 부도 위험이 적어졌다는 뜻이다. 브라질의 CDS 프리미엄은 중남미 주요국 가운데 멕시코와 비슷하고 칠레·콜롬비아보다는 높은 수준이다. 브라질의 CDS 프리미엄은 경제가 사상 최악의 침체 국면에 빠지기 시작한 2015년에 494bp까지 치솟은 바 있다.

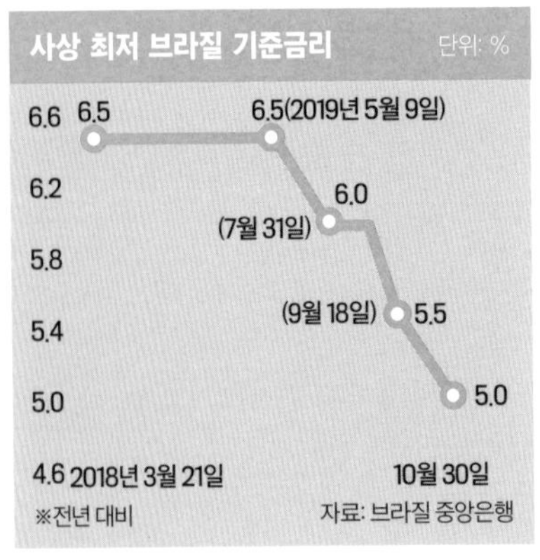

브라질 경제부는 최근 2019년 성장률 전망치를 0.85%에서 0.9%로

상향 조정하기도 했다. 브라질 경제는 2015년 -3.5%, 2016년 -3.3%의 성장률을 기록하며 침체에 빠졌다가 2017년 1.3%, 2018년 1.3% 성장했다. 2020년은 2.32%로 예상했고, 2021년부터는 2.5%대 성장이 가능할 것으로 경제부는 내다봤다. 국제통화기금(IMF)도 2020년 브라질 경제가 2%대로 성장할 것으로 예상했다. 하지만 낙관하기에는 이르다. 정치적 혼란이 가중하면서 역대 최저 수준을 유지하던 물가가 들썩이는 등 또 다시 불안한 모습을 보이고 있기 때문이다. 브라질 국립통계원(IBGE)에 따르면 2019년 11월 물가상승률은 전월 대비 0.51%를 기록했다. 2015년 10월의 1.01% 이후 4년 만에 가장 높은 상승률이다. 물가 안정 기조가 흔들리면서 기준금리 결정에도 변수가 될 것으로 보인다. 브라질 기준금리는 현재 5%로 1996년 도입 이래 가장 낮다.

현재까지 의회를 통과한 보우소나루의 개혁법안은 연금법뿐이다. 이 법안도 정부가 제출한 지 8개월 만에 의회를 통과한 데다 브라질 의회에는 25개 정당이 난립해 개혁안 추진이 쉽지 않을 것이라는 전망이 나온다. 더욱이 브라질 좌파의 상징적 인물인 루이스 이나시우 룰라 다 시우바 전 대통령이 석방되고, 보우소나루 대통령은 자신이 속했던 사회자유당을 나와 창당을 추진하는 등 정치적 혼란이 재연되고 있다. 여기에 칠레·볼리비아·콜롬비아 등 인근 중남미 지역에서는 반정부 시위가 확산하고 있다.

국제신용평가사도 시간이 더 걸릴 것으로 보고 있다. S&P는 브라질 경제에 대해 "과다한 공공부채 부담이 여전히 아킬레스건"이라면서 국가신용등급 상향 조정에 시간이 걸릴 것이라고 밝혔다. 브라질 중앙은행 자료 기준으로 2019년 8월 말 현재 브라질 연방·주·시 정부의 공공부채 총액은 5조6180억 헤알로 집계됐다. 국내총생산(GDP) 대비 공공부채 비율은 79.8%로 역대 최고치다. 브라질 국가신용등급은 2008년 투자등급으로 올라섰으나, 2015년 말부터 2016년 초 사이에 재정 악화로 정크 수준으로 강등했다. S&P와 피치는 브라질 국가신용등급을 BB-, 무디스는 Ba2로 각각 평가했다.

서방 경제 제재 못 벗어난 러시아

러시아 경제에는 먹구름이 끼고 있다. 세계은행은 최근 공개한 '유럽·중앙아지역 경제 전망보고서'에서 2019년 러시아 경제성장률이 1%로 떨어질 것으로 예상했다. 은행은 2019년 6월에는 그해 러시아 경제성장률을 1.2%로 내다봤었다. 러시아 중앙은행도 2019년 경제성장률이 1%대 이하로 떨어질 수 있다고 전망했다. 러시아 경제의 가장 큰 걸림돌은 서방의 대(對)러 제재다. 미국과 유럽연합은 2014년 러시아의 우크라이나 내전 무력 개입과 크림반도 강제병합 등과 관련해 러시아에 경제 제재를 부과한 뒤 지금까지 연장하고 있다. 2014년부터 이어진 서방 제재와 유가 폭락으로 여전히 경제 위기에서 벗어나지 못하고 있다. 최근에는 시리아와 우크라이나에서의 분쟁 격화와 북대서양조약기구(나토)와의 대립 등이 러시아에 대한 새로운 서방 제재를 초래할 수도 있다는 우려의 목소리가 나온다.

여기에 최근 들어 미·중 무역분쟁과 세계 경기 둔화가 어려운 러시아 경제에 추가적 악재로 작용하고 있다. 러시아 중앙은행은 "세계 경제 둔화 환경에서 러시아 수출품에 대한 수요가 줄고, 정부의 투자 지출을 포함한 투자 적극성이 약화하고 있다"고 설명했다. 일부 전문가들은 이 같은 러시아의 경제 상황을 두고 '정체기'를 지나 '후퇴기'에 접어들었다는 평가도 내놓는다. 본격적인 하향세를 이어갈 것이라는 우울한 전망이다. 2019년 1분기 러시아 국민의 실질소득(명목소득에서 물가변동분을 제외한 소득)은 2.5% 감소했고, 2분기에도 0.2% 줄었다. 그해 상반기 전체 실질소득은 전년 동기 대비 1.3% 감소했다. 2000년대 초·중반 고도 경제 성장기에 현저히 줄어들었던 러시아의 빈곤 인구도 최근 4~5년 동안의 경제난으로 다시 늘어나고 있다. 2020년에도 이런 상황이 지루하게 이어질 것 같다. 세계은행은 2020년 러시아 경제성장률을 1.7%로 예측했다. 앞선 전망치에서 0.1% 포인트 하향 조정한 것이다. 다만 2021년 성장률은 1.8%를 그대로 유지했다.

일각에서는 최근 개통한 중국과 러시아의 천연가스 파이프라인이 러시아 경제에 새로운 활력이 될 것이라는 전망도 나온다. 러시아 경제는 서방의 대러 제재에 이어 2015년 천연가스 가격 폭락이 겹치면서 시련을 겪어왔다. 양국은 '시베리아의 힘'으로 명명한 이 천연가스관을 2019년 12월 2일(현지시간) 개통했다. 러시아는 향후 30년간 매년 380억㎥의 천연가스를 중국에 공급한다. 중국 전체 천연가스 소비량의 22%가량 되는 엄청난 양이다. 러시아가 공급한 천연가스는 중국의 흑하·대경·북경·상해 등지로 보내진다. 이들 지역은 석탄 사용으로 대기오염 문제가 심각한 지역이다. 러시아는 시베리아의 힘을 통해 아태지역의 광할한 천연가스 시장을 선점한 셈이다. 러시아는 시베리아의 힘을 개발하는 데 550억 달러가량을 투자한 것으로 알려졌다. 중국도 220억 달러를 투자했다. 시베리아의 힘은 러시아와 중국 간 자원 수급을 둘러싼 이해관계가 맞아 떨어진 결과물로, 단순히 천연가스 수출뿐 아니라 미국 주도의 세계 질서에 도전하는 매개체 역할을 할 것으로 전문가들은 내다본다.

6%대 성장에도 인도의 실업률 최악

인도는 2019년 기상이변으로 힘든 시기를 보냈다. 농작물 수확 감소로 식품 가격이 급등하면서 국민들의 체감 경기는 더욱 악화했다. 인도의 2019년 경제 성장률도 6년 만에 최저치를 기록할 전망이다. 영국 경제지 이코노미스트는 올해 인도가 5%대 경제성장률을 기록할 것으로 예상했다. 인도 중앙은행도 성장률 전망치를 6.1%로 하향 조정했다. 지난해 8%대였던 데 비하면 급감한 수치다. 인도는 계속 증가하는 인구를 감안할 때 현 경제 수준을 유지하려면 적어도 연평균 경제성장률이 7.5%는 돼야 한다고 전문가들은 설명한다. 프라줄 반다리 뭄바이 HSBC 수석 이코노미스트는 "인도 정도 인구 규모에서 6%대 미만 경제성장률은 불황과 다름없다"고 진단했다. 기상이변도 문제였지만 가장 큰 문제는 일자리다. 인구는 계속 증가하는데 일자리 수는 이에 비례해 늘지 않고 있다. 인도 인구는 2019년 13억 명에서 2030년 15억 명을 넘어설 것으로 보인다.

지금도 세계에서 가장 젊은 나라다. 인구 절반이 25세 이하로, 생산가능인구만 매달 100만 명씩 늘고 있다. 그런데 인도 국립 표본조사국(NSSO)에 따르면 2019년 인도의 실업률은 시골 지역이 5.3%, 도시 지역이 7.8%로 평균 6.1%에 이른다. 45년 만에 최악의 실업률이다. 2011년까지 2~3% 머물렀던 실업률은 현 모디 총리가 집권한 2014년 이후 급증했다. 인도의 실업률이 높아

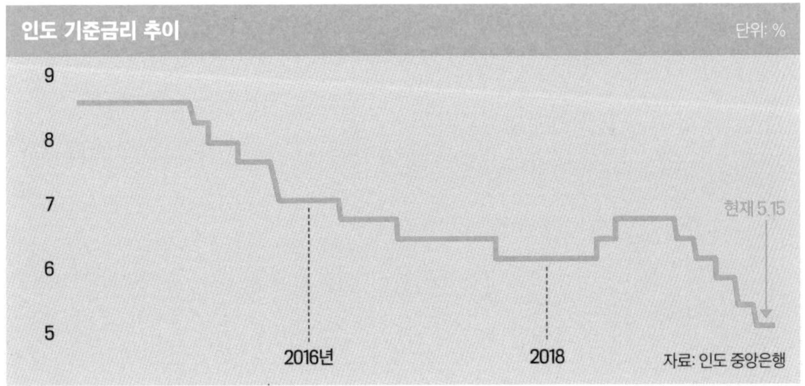

진 건 제조업·서비스업 전반이 침체하면서 일자리를 만들어내지 못하고 있기 때문이다. 실제 2019년 11월 기준 인도 서비스업 PMI는 전월 52.4에서 48.7로 하락해 19개월 만에 최저치를 기록했다. 이를 타개하기 위해 인도 중앙은행(RBI)은 계속 금리를 내리고 있다. 2019년에만 다섯 번 내렸다. 다만 2019년 마지막 통화정책회의에서는 예상을 깨고 금리를 5.15%로 동결했다. 경제 상황이 더욱 악화하고 있지만 인플레이션 부담 때문이다. RBI는 성명을 내고 "금리 동결 결정은 중기적으로 성장을 지탱하면서도 인플레이션 목표를 4%, 상한선은 6%, 하한선은 2%로 하려는 우리의 정책 목표 때문"이라고 밝혔다.

문제는 앞으로다. 인도 정부는 높은 실업률과 경기 침체의 원인이 사회통합 부족에 있다며 '힌두민족주의'라는 해결책을 꺼내들었다. 인도 인구 80% 이상을 차지하는 힌두교를 중심으로 사회를 통합하면 불황을 타개할 수 있다는 것이다. 그러면서 무슬림 등 동북부 소수 집단을 탄압하는 '불법 이민자 색출 제도'를 전국으로 확대하겠다고 밝혔다. 구체적인 경제 개혁 계획이나 민족 간 다양성 수용책 등은 없다. 이 때문에 인도를 바라보는 세계의 시선은 긍정적이지 않다. 영국의 이코노미스트는 "인도가 가진 인력과 자원, 기술력 등을 통해 지속적인 성장을 이루기 위해선 민주주의가 아니라 구체적인 경제 개혁 계획이 필요하다"고 꼬집었다.

국영기업 방만 경영 등에 발목 잡힌 남아공

0.6%. 사하라 이남 아프리카의 최대 경제 대국이자 브릭스의 일원으로 각광받는 신흥국 남아프리카공화국(남아공) 중앙은행이 내놓은 2019년 남아공의 경제성장률 전망치다. '0.6'이라는 숫자는 남아공의 현재 경제 상황을 신랄하게 보여준다. 중앙은행은 2020년 경제성장률은 1.5%로 전망했다. 종전 1.8%에서 하향 조정한 것이다. 2021년 경제성장률 전망치도 기존 2%에서 1.8%로 낮췄다. 남아공의 경제성장률이 줄어들고 있는 건 새로운 일자리가 만들어지지 않으며 노동 시장이 고령화하고 있기 때문이라는 분석이다. 이런 현상이 심화해 남아공 경제가 실업과 빈곤, 경제적 불평등 문제로 더 악화할 수 있다는 경고가 곳곳에서 나온다. 이 때문에 국제통화기금(IMF)은 최근 발간한 보고서에서 남아공에 강력한 경제 개혁 조치를 주문했다. IMF는 "남아공은 현재 정부 부채 증가, 국영기업의 방만 운영 등의 문제가 불거지고 있다"고 지적했다.

남아공 주요 경제 지표 단위: 달러, %

구분	국내 총생산	1인당 국민소득	GDP 성장률
2012년	3963억	7548	2.2
2013	3676억	6895	2.3
2014	3513억	6488	1.6
2015	3146억	5718	1.3
2016	2948억	5480	0.4
2017	3494억	6161	1.4
2018(추정치)	3681억	6377	0.8

자료: IMF

그러면서 2020년 남아공의 경제성장률이 인구 증가율을 밑돌 것으로 점쳤다. 2019년 포함해 지난 5년간 이어졌던 이 같은 저성장 기조가 2020년까지도 이어질 수 있다는 것이다. IMF는 "각종 규제와 노동시장 경직성, 비효율적인 인프라 등에 대한 '느린 개혁'이 민간 투자와 수출의 정체를 가져오고 있다"고 비판했다. 재정 적자가 악화하고 국가 부채가 급증한다는 점에서 남아공의 2020년 전망도 어두운 편이다. 지금과 같은 상황이 이어진다면 남아공의 부채는 2022년까지 국내총생산(GDP)의 70%를 넘어설 것으로 예상된다. S&P 역시 최근 남아공 국가 신용 등급을 '안정적'에서 '부정적'으로 하향 조정하면서 국가 부채 문제를 이유로 들었다. S&P는 "부채 증강을 억제하기 위한 재정조정이 필요하다"고 지적했다.

국영기업의 방만한 경영도 남아공 경제 부진의 한 원인이다. 전기·교통 등의 거대 인프라를 운영하는 국영기업의 비효율성으로 천문학적인 정부 자금이 투입되고 있기 때문이다. 남아공 정부는 경기 부양을 위해 이런 국영기업에 거대 재정을 투입했다. 하지만 국영기업의 만성화한 비효율성으로 예상한 만큼의 성과를 내진 못하고 있다는 분석이 지배적이다. IMF는 "이런 상황을 타개하기 위해서는 향후 4년간 소비지출을 끌어올리고, 세수를 늘려 3% 정도의 성장률을 유지하면서 재정을 강화하는 방향으로 '성장 중심의 구조개혁'을 진행해야 한다"고 조언했다. 大예측

CHAPTER 2
5대 변수는 어디로

- 달러화 약세로 돌아설까?
- 국제유가 안정세 이어갈까?
- 주요국 금리 더 내릴까?
- 미중 무역갈등 봉합될까?
- 북미·남북 관계 풀릴까?

미국마저 성장 둔화를 걱정할 상황이어서 2020년에도 금리를 1차례 정도 더 내릴 전망이다. 일본·유럽연합(EU) 등도 돈을 더 푸는 방향으로 돌아섰다. 부채 걱정을 해야 하는 중국도 금융완화 정책을 계속 펼칠 것으로 보인다. 2020년에도 경기가 확 살아날 조짐은 없어 국제유가는 2019년처럼 안정적인 모습을 보일 것이란 관측이 지배적이다. 미국을 대신해 세계 경제를 이끌 만한 대안은 보이지 않아 달러화의 매력도 여전할 전망이다. 미중 갈등과 북미, 남북 관계 줄다리기도 계속 이어질 것으로 보인다.

달러화 약세로 돌아설까?

백석현 신한은행 이코노미스트

2020년 주요국 통화의 흐름을 전망하기 위해 가장 먼저 살펴봐야 할 통화는 미국 달러화다. 원·달러 환율은 2019년 4월부터 상승 곡선을 그렸고 연중 강세 기조를 이어갔다. 미국과 중국이 10월 들어 '1단계 합의'를 가시화하면서 환율 상승폭을 일부 반납했다. 원·달러 환율은 장중 1154원까지 하락했고 1200원 재등정에 대한 우려는 상당히 감소했다. 하지만 미국과 중국이 잠정 합의한 1단계 합의조차 도널드 트럼프 미국 대통령의 서명까지 과정은 매끄럽지 못했고 시장 예상보다 늦어지는 점 때문에 2단계 및 3단계 합의 가능성을 낙관하기는 힘들어 보인다. 미·중이 상호 공세를 자제하는 것만으로도 금융시장이 안도하고 심리가 개선되었지만, 갈등의 씨앗은 다시 자랄 것으로 보인다. 단지, 뒤로 미뤄진 것일 수 있다.

중앙포토

2020년 미국 달러 가치를 좌우할 요소 가운데 하나는 기준금리다. 일단 미국 연준에서는 추가 금리 인하 여력을 갖추고 있다. 사진은 제롬 파월 연준 의장.

지난 2년간 금융시장은 미·중 관계 및 무역분쟁의 영향 속에서 양국 정상의 한마디 한마디에 일희일비했다. 원·달러 환율의 반응은 특히 더욱 격렬했다. 2020년 전망에도 핵심 변수인 미·중 관계에 대한 판단이 녹아들 수밖에 없다. 양국은 서로 공세를 자제하며 긴장의 수준을 적절히 관리할 것으로 예상된다. 그러나 양국이 최종적 합의에 이를 가능성은 희박하다는 것이 중론이다.

미국과 중국의 갈등은 이제 일상이 됐다. 한 세대(generation)는 지속될 것이라는 전망도 있다. 실제 기존의 지배 세력에 신흥 강자가 도전했던 역사에도 그런 사례가 있다. 17세기 지배세력이었던 네덜란드에 신흥 강자로 부상한 영국이 도전장을 내밀었던 당시, 영란전쟁이 2년씩 3차례에 걸쳐 벌어졌는데 1652년에 시작해 1674년까지 이르렀으니 패권 경쟁이 이립잡아 한 세대는 지속된 셈이다.

일상이 된 미 · 중 갈등

미국과 중국은 이미 자국 영토 밖에서 전쟁을 치른 역사가 있다. 한국전쟁이 그랬고, 베트남전에서는 미국이 한국전쟁 당시 중국의 개입을 떠올렸기 때문에 남쪽 캠프의 지상군은 공산당이 지배한 북쪽으로 진격하지 못했다. 하지만, 지배세력과 신흥 강자의 대결 구도는 아니었다. 지금은 달라졌다. 양국은 무역분쟁에 그치지 않고 기술 분야 및 지정학, 자본에 걸쳐 광범위한 대결의 장으로 나왔다. 미국과 중국이 협상과정에서 1단계 합의라는 명칭을 부여해 후속협상을 당연시한 것은 그만큼 양국의 이해관계가 다양한 분야에서 충돌한다는 것을 시사한다. 1단계 합의에서 양국의 합의는 무역 부문에 초점을 맞췄다.

2019년 12월 도널드 트럼프 미국 대통령이 서명한 1단계 합의는 미국이 무역적자를 줄이는 데 초점을 맞췄기 때문에 비교적 '쉬운 협상'이다. 하지만, 5G 등 기술 분야나 지정학적인 이슈에서는 양국의 이해관계가 첨예하게 대립

주요 통화의 환율 컨센서스 단위: 원

구분	2019 상반기 평균	2019 하반기 평균 (7~11월)	2020년 반기 말	2020년 말	방향성
원 · 달러	1146	1186	1170	1175	강보합
원 · 엔(100엔당)	1042	1101	1093	1119	강보합
원 · 유로	1294	1317	1322	1363	강세

※12월 2일 기준 블룸버그에 집계된 주요 투자은행의 전망치 중간값 기준, 방향성 표시는 2019년 연평균 환율을 기준으로 2020년 전망을 약세 · 약보합 · 보합 · 강보합 · 강세의 5단계로 구분

자료: 블룸버그

한다. 1단계 합의 이후를 낙관하기 어려운 배경이다. 그런데, 2020년에는 미국의 대선이라는 대형 변수가 있다(11월 3일). 중국에 견제구를 날리기 시작한 미국이 선거의 심판을 받아야 하는 상황에서, 중국과 갈등 수위를 높여 금융시장이 불안정해지고 경제 주체들의 심리가 위축되면 여당에 불리해진다. 중국에 대한 견제 수위를 조절하고 관리할 수 밖에 없다.

대안이 없는 세계 경제, 달러 강보합 전망

2단계 합의부터는 양국이 접점을 찾기가 쉽지 않을 것이다. 민감한 사안은 양측 모두 대선 이후로 논의를 가급적 미루고 싶을 것이다. 2020년 가장 주목할 만한 이벤트 가운데 하나로 꼽히는 미국 대선 이전에는 미국 경제 둔화에 운신의 폭이 좁아진 미국 트럼프 대통령이 적극적으로 중국과의 협상에 나설 가능성도 있다. 시장이 미국과 중국 양국 갈등의 해소 가능성을 크게 판단한다면 원·달러 환율은 더욱 낮아질 수도 있다. 그러나 지식재산권 문제나 '중국 제조 2025'와 같은 중국의 전략 산업 육성 정책에 대한 견제 등 핵심 쟁점에서 양국이 근본적으로 타협하기는 어려워 보인다. 단지 잠시 묻어 놓고 지나가는 것으로 이해하는 것이 자연스럽다. 양국의 갈등이 쉽게 가라앉으리라고 낙관하기에는 사안의 무게감이 남다르다는 판단이다.

뒤집어 생각하면 미국 대선 이후는 선거 부담이 해소될 테니, 미국의 견제는 다시 본격화될 가능성이 크다. 중국을 향한 미국의 견제가 여야를 불문하고 초당적인 지지를 받는 현실을 감안하면 트럼프가 재선이 되든, 민주당 후보가 당선되든 중국에 대한 견제는 다시 궤도에 오를 것이다. 자국의 부채 리스크를 의식하는 중국 정부도 부채에 의존한 성장 방식을 버렸다. 중국의 지방 중소

은행들의 부실과 기업 부채에 대해 우려하는 시각이 많다. 중국 경제의 위기가 현실화될 가능성은 크지 않아 보이지만, 중국 경제가 고비에 직면할 때마다 부채에 의존한 성장 방식으로 급반등을 이끌며 글로벌 경제의 선순환을 끌어냈던 과거의 패턴을 기대하기도 어렵다.

결국 2020년에 미국과 중국이 긴장의 수위를 적절히 관리하는 휴전 상태를 유지하겠지만 세계 경제는 성장의 견인차가 없어 지지부진한 흐름을 벗어나기 힘들다. 미국 경제도 2018년(2.9% 성장)을 정점으로 둔화되고 있고 2020년에는 2% 성장도 역부족이라는 전망이다. 그래도 선진국 내에서는 미국을 대신해 성장을 견인할 만한 대안이 보이지 않는다. 미국 이외 국가에서 성장 모멘텀이 보여야 더 높은 수익을 좇아 글로벌 자본이 이동할 수 있을 것이다. 미국이 2019년에 세 차례나 기준금리 인하를 단행해 고수익 자산으로서 달러화 자산의 매력이 떨어졌으나, 자본이 미국을 버리고 떠나기에는 갈 곳이 마땅치 않은 데다 미국의 금리는 선진국 레벨에서 여전히 경쟁력이 높다. 이런 세계 경제 여건은 결국 달러화에 대한 수요를 지탱해 줄 것이다. 따라서 2020년에도 달러화의 의미 있는 하락을 기대하기는 어려울 전망이다.

환율 변동성은 주가 변동성에 비해 훨씬 작다. 2010년 이래 코스피 지수가 전일 대비 ±1% 넘게 등락한 경우는 528일에 달해 일주일에 한 번 꼴로 발생했으나, 원달러 환율이 전일 대비 ±1% 넘게 등락한 경우는 145일에 불과하여 한 달에 한 번 꼴로 발생했다(종가 기준). 그럼에도 불구하고, 2010년 이래 원달러 환율의 연간 변동폭은 2018년을 제외하면(90원), 매년의 연고점과 연저점 간격이 적어도 110원 이상이었다. 다만, 투자와 관련한 의사결정이 개입되면 우리의 시야가 멀리 보지 못하는 습성이 발동되기 때문에 쉽게 인식하지 못할 뿐이다. 내년에도 원달러 환율이 연중으로는 100원 안팎의 움직임을 보일 것으로 예상된다. 환율 상단과 하단이 우리가 생각하는 범위를 넘어설 수 있다.

2020년에도 순항할 일본 엔화

일본은 내수 비중이 큰 나라다. 세계적인 보호무역 흐름에, 한국과 같이 수출 의존도가 높은 국가들이 역풍을 맞았지만 일본은 상대적으로 타격이 크지 않은 배경이다. 일본 수출의 주력 업종인 기계장비 수출이 글로벌 투자 부진의 영향에 노출되었지만 일본의 성장률은 2018년 대비 하락하지 않았다. 일본은 2018년 0.8% 성장할 것으로 예상되고 있는 반면 2019년 성장률 추정치는 0.9%다.

일본 경제는 2019년 10월 단행한 소비세 인상에 따른 일시적 소비 위축에서 서서히 벗어나면서 2020년에도 비교적 순항할 것으로 보인다. 특히 일본의 정치적 안정과 미국과의 긴밀한 관계는 높은 내수 비중과 함께 최근 탈(脫) 세계화 흐름에서 상대적으로 유리한 여건이다. 2019년 엔화는 8월까지 뚜렷했던 글로벌 금리의 하락과 미·중 무역분쟁에 따른 시장 심리 위축, 안전자산 강세 현상으로 2018년 대비 상승했는데 2020년에도 강세 압력을 유지할 전망이다.

엔화는 일본의 내외 금리차에 민감해 글로벌 금리의 상승(하락)은 엔화의 매도(매수) 및 외화의 매수(매도)로 연결되어 엔화가 약세(강세)를 초래하는 경향이 있는데, 2020년에도 글로벌 금리가 뚜렷하게 반등하지 못하고 무거운 흐름을 보이면서 엔화가 강세 압력을 쉽게 떨쳐내지 못할 것으로 보인다. 미국과 중국이 갈등을 적절히 관리하며 시장 심리가 양호하게 유지된다면 엔화도 레벨을 낮출 수 있겠지만, 미·중이 큰 틀에서의 휴전을 그저 유지하는 수준이라면 엔화가 단기적으로 하락하는 시기에도 낙폭이 커지기는 어려울 것이다.

한편, 일본 내부의 동력도 엔화의 의미있는 하락을 이끌기 어려워졌다. 2013년부터 엔화 약세의 강력한 견인차였던 일본 중앙은행(BOJ)이 정책적 한계에 직면했기 때문이다. BOJ의 급진적인 완화정책이 장기화되면서 단기 금리 대비 장기 금리 낙폭이 더 커지자, 은행 등 금융회사의 수익성이 악화되는 등 부작용에 대한 우려가 커졌다. 2019년에 미국이 3차례 기준금리를 인하하고 유럽중앙은행(ECB)은 금리 인하와 함께 양적완화를 재개했지만, 일본의 BOJ는 사실상 손발이 묶여 정책에 의미있는 변화를 주지 못했다. 2020년에도 BOJ는 날개를 펴지 못할 가능성이 있다.

외환시장의 기준이 되는 달러화를 비교 대상으로 했을 때, 2020년 유로화의 하락을 전망하는 기관을 찾아보기 힘들다. 그간 유로화 약세를 이끌었던 한 축인 ECB의 정책이 한계에 직면한 반면, 미국 연준에는 추가 금리 인하 여력이 있는 데다, 미·중 무역분쟁 휴전에 따라 일각에서 제기되는 유럽 경기 회복 낙관론이 기저에 있다. 독일의 재정정책 확대 필요성도 공공연히 제기되고 있는데, 독일의 정책 당국이 아직 선을 긋고 있지만 향후 이에 응하게 되는 경우에도 유로화는 상승 압력을 받을 것이다.

대외 변수에 의존하는 유로화 강세 전망

1년 전에도 달러화 대비 유로화 상승 전망이 지배적이었다. 하지만 당초 기대에 반해, 유로화는 2019년 완만한 하강 국면이 펼쳐졌는데 변동폭이 상대적으로 작았다. 따라서 2019년 국내 외환시장에서 유로화의 가치는 원·달러 환율에 좌우됐다. 시장의 컨센서스대로 2020년 유로화가 상승하려면 외부 여건이 뒷받침돼야 한다. G20 회원국 중 수출의존도가 가장 높은 독일을 필두로, 유로존 제2, 제3의 경제 대국인 프랑스와 이탈리아도 수출의존도가 상위권에 있다(20개국 중 각 7위, 6위). 이는 유로존 자력의 경제 반등이 어렵다는 것을 의미한다. 결국 유로화의 상승은 내생적으로 견인하기 어렵기 때문에 대외 변수에 의존할 수밖에 없다.

현재 유럽은 친환경·자율주행·공유차 등 패러다임 전환기에 놓인 자동차 산업이 부진을 겪는 데다, 중국의 기술력 향상으로 중국의 대(對) 유럽 수입 의존도가 약화되고 있어 중국발 호재를 기대하기도 어렵다. 도돌이처럼 맴돌던 브렉시트(영국의 유럽연합 이탈)가 교착상태에 돌파구를 마련해 원만하게 진행된다면 유럽에 호재가 되겠지만, 그간의 상황에 비춰보면 낙관적 시나리오가 과연 가능할지 의문이 남는다. 유럽 경제가 견인하는 유로화 상승에 한계가 있다면, 시장의 컨센서스대로 유로화가 1300원대 후반에 이르는 것은 원화의 약세 없이 버거울 수 있다. 大예측

국제유가 안정세 이어갈까?

백우진 글쟁이주식회사 대표

유가는 장기적으로 골디락스 상태에 접어들 것으로 전망한다. 너무 높지도 너무 낮지도 않은 적당한 가격에서 유가가 등락한다는 말이다. 골디락스는 영국 전래동화 〈골디락스와 세 마리 곰〉에서 따온 표현으로, 너무 뜨겁지도 않고 너무 차갑지도 않은 적당한 상태를 일컫는다. 거시경제가 골디락스 상태라는 말은 경제가 과열되지 않고 성장한다는 뜻이다.

유가의 골디락스 상태는 진폭이 과거보다 좁은 유가 그래프로 나타날 것으로 보인다. 즉, 2020년 유가 그래프는 과거에 비해 안정적으로 그려질 듯하다. 골디락스 유가 전망의 배경은 피크 오일 이론의 반전과 석유 가채매장량의 증가다.

원유 시장의 패러다임이 바뀌었다. 이는 피크 오일(peak oil) 개념의 변천

연합뉴스

석유수출기구(OPEC) 회원 14개국과 러시아 등 10개 주요 산유국의 연합체인 OPEC+(OPEC 플러스)가 12월 6일(현지시간) 오스트리아 빈에서 회의를 열고 내년에 하루 50만 배럴을 추가로 감산하기로 합의했다

에서 확인된다. 피크 오일은 매장량이 한정된 세계 석유 생산량이 최고 수준에 와 있거나 최고 수준에 가까워졌기 때문에 감소 시점이 가까워지고 있다는 이론으로 제시되었다. 미국 지질학자 매리언 킹 허버트가 이 이론을 제시했다. 허버트는 시카고대학에서 지질학 박사 학위를 받고 컬럼비아대학 강단에 섰다가 셸오일을 거쳐 미국 지질조사국에서 활동했다. 그는 1956년 샌안토니오에서 열린 한 회의에서 이 이론을 내놓고 "미국의 석유 생산은 1965년과 1970년 사이에 정점에 도달할 것"이라고 주장했다. 그의 이론은 '허버트 피크'라고도 불렸다.

이제 피크 오일은 '생산량'이 아니라 '수요량'이 감소하는 시점을 얘기하는 개념으로 활용된다. 세계 석유 수요 곡선의 정점이 가까워지고 있다는 전망으로 바뀐 것이다. 새로운 피크 오일 이론에 따르면 매장된 석유는 써서 고갈되는 게 아니라 상당 물량이 쓰이지 않은 채 남게 된다.

피크 오일 이론의 반전

'뉴 피크 오일'은 '피크 오일'만큼이나 간단한 이론이다. 우선 수송용 석유 수요가 줄어들 것으로 전망된다. 석유 수요에서 수송용은 55%를 차지한다. 이밖에 석유 수요는 산업용 30%, 기타 15%로 구성된다. 전기차가 보급될수록 수송용 석유 수요가 줄어든다. 수송용 석유 수요는 물량이 줄어들기 전에 비중부터 감소할 것이다.

또 신재생 및 천연가스 에너지가 더 많이 만들어지고 활용될 것으로 보인다. 두 에너지원은 석유나 석탄보다 친환경적이라는 점에서 정책 지원도 받고 있다. 'BP 에너지 아웃룩 2018' 자료에 따르면 2040년까지 세계 에너지에서 석유의 비중은 33%에서 27%로 줄고 신재생에너지를 포함한 기타의 비중은 11%에서 21%로, 천연가스는 24%에서 26%로 확대된다.

석유 공급을 걱정한 피크 오일 경고는 석유 개발 초기 이래 여러 차례 반복됐다. 세계적인 에너지 전문가 대니얼 예긴은 이를 다섯 번으로 정리했다. 여기엔 허버트 피크는 포함되지 않았다. 오일 수요 피크, 즉 새로운 피크 오일이 얼마나 혁명적인 변화인지 가늠하도록 피크 오일 경고를 잠시 되짚어본다.

예긴은 책 〈2030 에너지전쟁〉에서 첫 번째 경고 시기를 1885년이라고 전한다. 한 지질학자가 "석유의 놀라운 출현은 일시적인 현상으로 곧 사라질 것이며 젊은 사람들은 석유가 고갈되는 현실을 직접 목격할 수 있을 것"이라고 말했다. 1920년대 초 미국 광산국 국장은 "앞으로 2년에서 3년 내에 이 나라의 유전은 최대 생산점에 도달하고, 그때부터 빠른 속도로 감소할 것"이라고 말했다. 로마클럽은 1972년 〈성장의 한계〉 보고서에서 원유를 포함한 자원의 고갈을 경고했다. 또 2차 오일쇼크 이후 1980년대 초에 원자력위원회 의장을 역임한 한 과학자는 "우리는 석유 시대의 황혼기에 살고 있다"고 말했다. 다섯 번째 피크 오일 경고는 21세기 초, 중국을 비롯한 신흥 경제국의 석유소비량이 급증하면서 대두됐다.

2040년 세계 에너지에서 석유 비중 27%로 감소

패러다임 혁명은 대개 새 이론이 등장하고 무시 및 배척 당하다 세력을 얻고 확장한 끝에 승리를 거두는 과정을 거친다. 그러나 새로운 피크 오일로의 전환은 이런 과정을 밟지 않았다. 피크 오일 수요는 이렇다할 갈등이나 마찰, 충돌 없이 새 패러다임의 지위에 올랐다. 일례로 사우디아라비아의 국영 석유회사 아람코는 석유 수요 피크를 애써 무시했지만, 스스로는 탈석유 시대에 대비하기 위해 기업공개를 추진했다. 아람코는 2019년 11월 초 배포한 기업공개(IPO) 설명서에서 피크 오일을 위협 요소로 꼽았다.

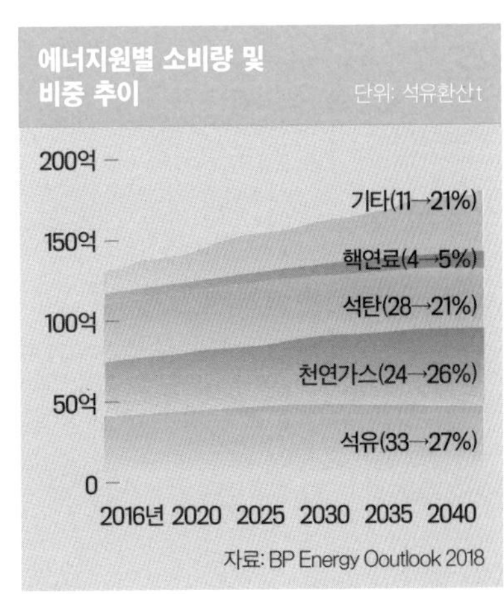

자료: BP Energy Ooutlook 2018

새로운 피크 오일의 시기는 언제로 예상되고 있을까. 블룸버그 비즈니스위크는 2019년 11월 초 기사에서 석유 수요 정점론 가운데 가장 이른 시기와 가장 먼 시기는 대략 20년 차이 난다고 전했다. 노르웨이의 국영석유기업 에퀴노르가 그 시점을 가장 가깝게 전망한다. 에퀴노르는 "석유 수요는 빠르면 2020년대 말 정점에 달할 것"이라고 예측한다. 국제에너지기구(IEA)는 석유 소비가 2030년쯤 정점에 달할 것으로 예상한다. 주요 석유 기업들은 2040년 무렵을 정점이라고 내다본다. 석유수출국기구(OPEC)는 최소 20년 동안 석유 수요가 계속 늘어날 것이라고 예상한다. 아람코는 IPO 설명서에서 "향후 20년 내 석유수요 정점이 닥칠 수 있다"고 언급했다.

새 피크 오일은 돌이 부족해서 석기시대가 끝난 게 아닌 것처럼 석유 시대 종말의 원인은 석유 부족이 아닐 것이라는 말을 떠올리게 한다. 유가는 수요에 의해서만 결정되지 않는다. 유가는 원유 수요와 원유 공급이 서로 당기고 밀면서 결정된다. 석유 수요의 증가세가 둔해지다가 어느 시점에 늘지 않는다고 해도, 원유 매장량이 한정되어 있고 그 사실이 부각된다면 유가는 계속 오를 수밖에 없다.

원유 가채매장량 계속 증가

옛 피크 오일의 전제는 석유 매장량이 한정되어 있다는 인식이었다. 그러나 기술 발달과 유가 상승에 따라 발견하고 뽑아낼 수 있는 석유 매장량이 계속 증가해왔다. 이와 관련해 쓰이는 개념이 가채매장량이다. 가채매장량은 현재의 채취 방법과 현재의 원가·가격 수준으로 개발할 수 있는 매장량을 뜻한다. 가채매장량은 피크 오일을 비웃듯 계속 늘어났다. 시추공을 수직에 이어 수평으로 뚫는 혁신이 이뤄졌고 기존 유전에서 더 많은 원유를 회수하는 기술도 개

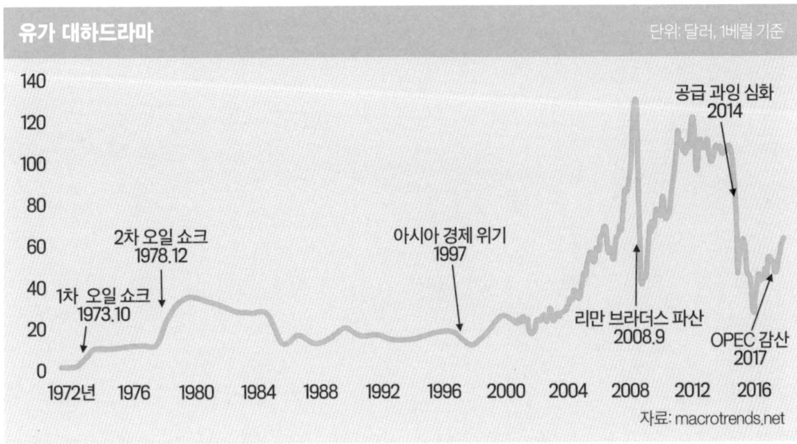

발됐다. 가장 최근의 혁신은 셰일 오일가스다. 셰일 오일·가스는 미국이 에너지 수입국에서 수출국으로 돌아설 정도로 큰 변화를 일으켰다.

예긴은 2010년에 쓴 앞의 책에서 원유 공급 물량이 왜 늘어나는지 설명한 뒤 "결론적으로 말하면 석유가 고갈된다는 주장은 사실이 아니다"라고 단언했다. 그는 "전 세계에 매장된 석유의 양에 대한 추정치는 계속 올라가고 있다"며 다음 집계를 소개했다. "19세기에 석유산업이 시작된 이래 지금까지 전 세계에서 생산된 석유의 양은 약 1조 배럴이다. 현재 남아 있는 석유 자원은 적어도 5조 배럴로 여겨진다. 그중 1조4000억 배럴은 추가 확인된 매장량이다." 그가 책을 낸 이후 9년이 지났다. 현재 가채매장량은 5조 배럴보다 많을지도 모른다.

너무 당연한 말을 반복하면, 유가는 수요와 공급에 의해 결정된다. 제1차 오일쇼크도 이 원리에 따라 일어났다. 흔히들 1973년 제1차 오일쇼크가 중동 산유국들이 석유 무기화에 나서 대량 감산과 미국에 대한 금수조치를 단행한

최근 5년간 유가(WTI) 추이

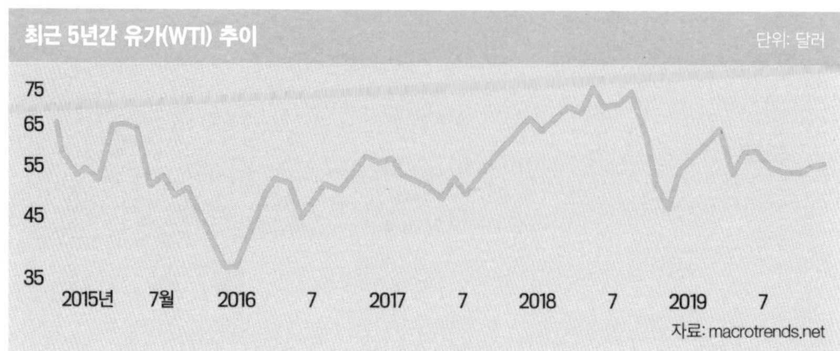

탓에 발발했다고 여긴다. 그러나 이는 계기가 됐을 뿐이었다. 1차 오일쇼크의 근본 원인은 빠듯한 수급 상황이었다. 예긴은 다른 책 〈황금의 샘〉에서 당시 수급이 "제2차 세계대전 이후 가장 긴박한 상황으로 치닫고 있었다"고 진단했다. 이어 "어떤 이유로든 약간의 추가적인 수요 압박만 있어도 세계적인 위기가 닥칠 상황이었다"고 설명했다.

미국 외부의 원유 초과 생산능력은 1970년까지 하루 300만 배럴에 달했고, 대부분 중동에 집중되어 있었다. 원유 초과 생산능력은 1973년에 이르자 절반인 하루 150만 배럴로 줄었다. 이는 자유세계 석유 소비량의 3%에 해당하는 규모였다. 그동안 몇몇 중동 국가는 산유량 감축을 제도화하고 있었다. 그래서 1973년에 실제로 '구득 가능'하다고 볼 수 있는 초과 생산능력은 하루 50만 배럴에 불과했다. 이는 석유 수요의 1%에 불과했다. 예긴은 "여유분 1%란 대단히 위험한 수급 상황"이라고 강조했다.

수급 원리에 새로운 피크 오일과 증가하는 가채매장량이라는 변수를 추가하면 장기 유가 전망이 나온다. 앞으로 유가는 과거와 같은 급등세를 보이기 어렵다. 급락하는 사태도 발생하기 어려운 것이, 대개 가격의 급락은 수급에 더해진 심리적인 요인으로 값이 치솟은 다음에 오는 조정이기 때문이다.

수급에 심리가 더해져 유가가 하루 다르게 솟구치다 수요가 감소하면서 곤두박질친 때가 2018년 글로벌 금융위기 전후이다. 유가는 2017년 7월 배럴당 130달러대로 올랐다. 세계적인 투자은행 골드만삭스는 유가가 2년 내 200달러까지 상승한다고 전망했다. 그러나 글로벌 금융위기가 터지자 유가는 급전직하했다. 반 토막보다 더 떨어져 배럴당 40달러대까지 기록했다.

수급에 큰 변화 없이 가격 안정될 듯

유가는 장기적으로 과거보다 좁은 가격대 사이에서 오르내릴 것으로 예상한다. 이를 필자가 기고한 2018년 유가 전망과 2018년 이후 유가의 움직임에 적용해보자. 나는 2018년 유가는 소폭 오르지만 안정적인 구간에서 완만하게 등락할 것으로 내다봤다. 구체적으로는 "2018년 국제유가는 2017년보다 구간을 소폭 높여 주로 60달러 선을 중심으로 오르내릴 것"이라고 예상했다. 수급 변수로 세계 경제 활력 회복, 사우디아라비아가 주도한 원유 공급 조절, 그리고 미국의 셰일오일 공급을 들었다. 앞의 두 변수는 가격을 밀어올리는 반면, 셰일오일은 가격 상승 압력을 누그러뜨린다고 분석했다.

2018년 유가 그래프를 보면, 유가는 내 예상보다 더 높게 올랐고 내 예상보다 더 가파르게 떨어졌다. 배럴당 70달러선을 넘었다가 40달러대로 하락했다. 내 예상은 2019년에 더 들어맞았다. 2019년에는 유가 그래프가 2018년보다 좁은 진폭 속에서 내 예상과 얼추 비슷하게 그려졌다. 2020년과 그 이후의 유가 그래프는 2019년보다 더 안정적으로 그려지리라고 예상한다. 전례 없는 일이 아니다. 1960년대는 대부분 시기에 유가가 별로 등락하지 않았다. 大예측

주요국 금리 더 내릴까?

Yes 55%

김성희 기자

미국 중앙은행인 연방준비제도(Fed · 연준)는 2019년 7, 9, 10월 세 번의 금리 인하를 단행했다. 이에 따라 6월 연 2.25~2.5%이었던 기준금리는 1.50~1.75%로 0.75%포인트 떨어졌다. 연준은 매월 600억 달러 상당의 미 국채를 매입하는 유동성 공급확대 정책도 적어도 2020년 상반기까지 실행하기로 했다. 유럽중앙은행(ECB)은 2019년 9월 예금금리를 0.01%포인트를 인하하며 2016년 3월 이후 약 3년 반 만에 금리를 내렸다.

신흥국 중앙은행들의 금리 인하폭은 더욱 공격적이었다. 미국 금리 인하로 자본유출 부담이 완화되면서 인도 · 멕시코 · 브라질 · 인도네시아는 0.75~1.5%씩 기준금리를 내렸고 터키는 10%를 인하했다. '마이웨이'를 고집했던 한국은행도 두 차례에 걸쳐 0.50%를 내렸다. IBK투자증권 등 금융투자

중앙포토

업계에 따르면 2019년 3분기 들어 주요국 중앙은행이 금리 인하를 실시한 것은 모두 24차례(16개국)에 이른다. 1분기, 2분기 금리 인하 건수가 각각 1차례, 8차례(7개국)인 것과 견줘 횟수가 크게 늘어났음을 알 수 있다. 주요국들의 금리 인하는 미중 무역분쟁의 여파로 경기 둔화 우려가 확산되면서 완화적인 통화정책으로 돌아섰기 때문이다.

미국, 2020년 상반기 금리 내릴 수도

2020년에도 글로벌 경제상황은 2019년과 비슷할 것이라는 게 전문가들의 예상이다. 국제금융센터는 2020년 세계 경제성장률을 3.0%로 예상했다. 국제통화기금(IMF)이 예상한 3.4%보다 낮은 수치다. 국제금융센터는 저성장·저물가·저금리 기조 속에서 세계화의 약화, 정책의 부조화, 저금리 후유증 등이 더욱 선명하게 드러나는 해가 될 것으로 내다봤다. 김성택 국제금융센터 글로벌경제부장은 “2020년 11월 미국 대선에서 트럼프가 재선에 성공하든 민주당 후보가 당선되든 무역분쟁 문제가 다시 점화될 것”이라며 “중국도 구조조정을 하면서 경기를 부양해야 하는 상황인 만큼 6%를 밑도는 수준까지 성장률이 떨어질 것”이라고 내다봤다. 특히 신흥국을 중심으로 경기가 개선돼도 미국과 중국의 부진을 상쇄하기에는 한계가 있을 것이란 설명이다.

미국 블룸버그통신에 따르면 지난 10년간 저금리 대출 증가로 세계 정부·기업·가계 부채는 사상 최대인 250조 달러(약 29경6000조원)로 치솟았다. 이는 세계 국내총생산(GDP)의 3배 수준이다. 국제결제은행(BIS)에 따르면 선진국에서는 영업이익으로 대출이자도 못 갚는 ‘좀비기업’ 비율이 비금융

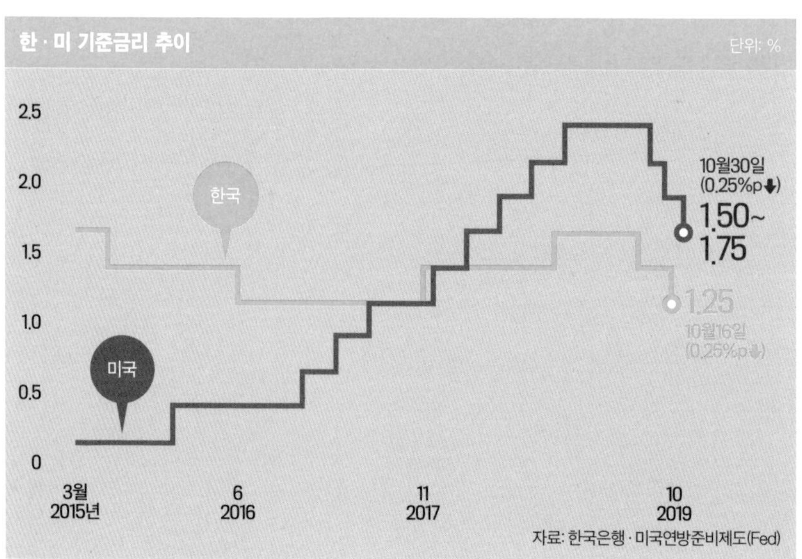

상장기업의 6%까지 치솟으며 수십년 만에 최고치를 기록했다.

이렇다 보니 2020년에도 주요국이 2019년처럼 완화적인 통화정책 기조를 이어질지 주목된다. 최대 관심사는 미국의 금리 인하 여부다. 미국 경기는 소비지출을 중심으로 비교적 순항하고 있다. 연준은 미국의 2019년 성장률 전망치를 2.1%에서 2.2%로 0.1%포인트 상향 조정했다. 그러나 2020년 경제성장률은 2019년보다 낮아질 가능성이 크다. 유진투자증권은 2020년 미국 경제성장률을 1.8%로 예상했다. 제조업 부진이 이어지는 가운데 비제조업도 점차 둔화될 수 있고, 글로벌 경기둔화에 따른 외풍도 무시하기 어려운 상황이기 때문이다.

연준은 2019년 12월 11일(현재시간) 열린 연방공개시장위원회(FOMC) 정례회의에서 미국의 낮은 실업률과 꾸준히 늘고 있는 소비, 대외 위험도 완화의 이유를 들며 당분간 기준금리를 현 수준(연 1.50~1.75%)으로 유지할 뜻을 시사했다. 그러나 시장은 연준이 2020년 금리 인하를 재개할 가능성에 무게를 두는 모습이다. 백윤민 교보증권 연구원은 "미중 무역협상 등 대외 불확실성 요인이 여전히 남아 있고 경기 둔화 우려도 있는 만큼 2020년에도 시장의 금리 인하 요구는 이어질 것"이라며 "연준의 2020년 상반기 추가 기준금리 인하를 예상한다"고 내다봤다. ING그룹은 "미중 무역합의가 이뤄지더라도 실질적으로 관세 일부가 철회되지 않으면 제조업 부문이 회복할 가능성이 작아진다"며 "경기 둔화 추세가 이어지면 연준도 추가 완화책을 구사할 수밖에 없을 것"이라며 2020년 중 최소 2회 금리 인하를 예측했다.

반대로 금리를 동결할 것이라는 전망도 있다. 당분간 인플레이션이 낮은 수준을 유지하고, 임금상승률이 가속화하지 않는 점, 미국 대통령 선거도 앞두고 있어 금리를 내리기 쉽지 않다는 것이다. 영국 시장조사업체인 캐피털이코노믹스(CE)는 "연준이 최소 2021년 말까지 기준금리를 동결할 것"이라고 예상했다.

중국, 완화방향으로 기울고 있어

2019년 7, 10월 두 차례 기준금리를 인하한 한국은행은 2020년에도 금리를 내릴 것으로 보인다. 이주열 한국은행 총재는 2019년 마지막 열린 11월 금융통화위원회에서 "기준금리 연 1.25%면 아직 금리 인하 여력이 있다"며 2020년 기준금리 추가 인하 가능성을 열어뒀다. 수출과 설비투자 흐름이 개선되긴 하겠지만, 경기 부진과 디플레이션(경기 침체 속 물가 하락) 가능성이 커질 수 있어서다. 경제성장률이 잠재성장률을 밑도는 상황에서는 금리 인하 등 경기 부양을 위한 정책이 필요하다. 한국은행은 2020년 경제성장률 전망치가 2.3%로 잠재성장률 수준(2.5~2.6%)을 넘어서진 못할 것으로 예상하고 있다. 시장에서는 2020년 상반기에 1~2차례 금리를 내릴 것으로 보고 있다.

글로벌 신용평가사인 스탠더드앤드푸어스(S&P)는 디플레이션에 대응해 한국은행이 2020년 기준금리를 0%대로 인하할 수 있다고 예상했다. 숀 로치 S&P 아시아태평양지역 수석이코노미스트는 "글로벌 불확실성이 큰 상황에서 통화완화 효과를 내려면 정책금리를 더 낮춰야 하기 때문에 한은이 2020년 1~2회에 걸쳐 추가적인 금리 인하를 단행할 것으로 보인다"며 "기준금리가 0%대가 될 가능성도 있다"고 말했다. 그러면서 그는 기준금리 인하에 디플레이션까지 겹친다면 가계부채 상환에도 문제가 생길 수 있다고 지적했다.

금리 인하 속도 조절론도 제기된다. 기준금리가 연 1.25%로 역대 최저 수준인 데다, 통화정책 효과가 예전만 못해 당분간 기준금리 동결 기조가 이어질

중앙포토

수도 있어서다. 미국 연준이 당분간 금리 동결을 시사한 점을 감안하면 당분간 통화정책과 관련해 관망세를 유지할 것이란 분석도 나온다.

한국은행, 1~2회 금리 내릴 가능성

중국은 2019년 미국 연준이 세 번째 기준금리를 단행했을 때도 긴축도, 완화도 하지 않는 온건한 통화정책 기조를 유지하는 '마이웨이' 행보를 보였다. 최근 중국 내 돼지고기 가격 상승에 따른 인플레이션, 경제 구조개혁 추진, 부채 압박 등으로 추가 통화완화 여력이 크지 않은 상황에서 금리 인하에 신중한 태도를 보인 것이다. 대신 중국 정부는 인프라 건설에 재정을 투입하고, 기업 부담을 줄이기 위해 감세 조치를 실시하는 한편, 민영 중소기업을 타깃으로 맞춤형 대출을 지원하는 등의 방식으로 경기 하방 압력에 대응해왔다.

그러나 2019년 11월 이후 완화 방향으로 기울고 있는 모습이다. 중국 인민은행은 2019년 11월 5일 중기유동성지원창구(MLF) 대출금리, 11일에는 7일물 역환매조건부채권(역RP) 금리를 0.05% 인하했다. MLF 대출 금리를 내린 건 2016년 4월 이후 처음이다. 또 11월 20일에는 중국의 기준금리 역할을 하는 1년 만기 대출우대금리(LPR: loan prime rate)를 0.05%포인트 내린 연 4.15%로 새로 고시했다. 8월과 9월에 이어 세 번째 내린 것이다. 중국 경기 하방 압력이 커진 가운데 경제의 안정적 성장을 위해 노력하겠다는 신호를 미약하게나마 시장에 보낸 것으로 풀이됐다.

이런 움직임은 미중 무역전쟁의 여파로 중국 경제가 받는 타격이 커서 투자와 감세 등 재정정책만으로 경제 난국 타개가 쉽지 않기 때문이다. 중국 경기 둔화 우려가 커지자 중국 정부는 2019년 초 2조1500억 위안 규모의 인프라 투자와 2조 위안 규모의 감세를 핵심으로 한 재정정책을 내놓고 경기 부양에 나섰지만 뚜렷한 효과가 나타나지는 않고 있다. 2019년 3분기 중국 경제성장률은 6%에 그치며 올해 목표치 마지노선인 바오류(保六, 6%대 성장률 유지)에 턱걸이했다. 해외 주요 기관들은 2020년 중국의 경제성장률이 5%대로 주저앉을 것으로 보고 있다. 국제통화기금(IMF)은 2020년 중국 경제성장률을 5.8%로, 경제협력개발기구(OECD)는 5.7%로 내다봤다.

이강 인민은행장은 세계 경제 침체 장기화 분위기 속에서도 중국은 금리 인하와 양적완화에 의존하는 통화정책을 펴지 않을 것임을 분명히 했다. 그러나 시장에서는 여전히 인민은행이 추가 통화완화를 단행해야 한다는 목소리가 높다. 캐피탈이코노믹의 줄리안 에반 이코노미스트는 "중국의 경기 후퇴가 더욱 뚜렷해지고 있어, 이번 금리 인하는 경기 회복을 이끌기에는 부족하다"고 지적했다. 이어 "중국 당국은 앞으로 수개월 안에 더 과감한 통화완화에 나서야 한다"고 강조했다.

마이너스 금리의 일본, 더 낮출 듯

마이너스 금리정책을 펴고 있는 일본은 2020년에는 더 낮출 가능성이 크다. 일본은행은 2019년 10월 30~31일 열린 금융정책 결정회의에서 지금의 대규모 금융완화책 유지를 결정하는 한편 필요하면 마이너스 금리를 다시 인하할 것임을 분명히 했다. 장래 정책 방향을 보여주는 포워드 가이던스(forward guidance, 선행 지침)에서 "정책금리에 관해서는 '물가안정목표'를 향한 모멘텀이 손상될 우려에 주의가 필요한 동안, 현재의 장·단기 금리 수준 또는 그것을 하회하는 수준으로 추이하는 것을 상정하고 있다"고 말했다. 일본의 2020년 실질 경제성장률 전망치는 0.9%에서 0.7%로 낮췄다. 소비자물가지수 상승률 전망도 0.2%포인트 낮춘 1.1%로 수정했다. 大예측

미중 무역갈등 봉합될까?

이창균 기자

2017년 1월 도널드 트럼프 미국 대통령의 취임으로 막이 오른 미국과 중국의 무역갈등은 2019년에도 긴박한 양상으로 전개됐다. 순서대로 정리해 보면 긴박감이 고스란히 나타난다. 1월 미국이 국가안보 강화를 명분으로 화웨이와 ZTE 등 중국 기업에 대한 부품 사용 금지 법안을 내놓으면서 중국 정부를 긴장시켰다. 이후 5월 트럼프 대통령은 2000억 달러 규모 중국산 수입품의 관세 25% 인상을 발표했다. 그러자 중국도 6월부터 600억 달러 규모의 미국산 제품에 5~25% 관세를 부과하기로 결정했다.

트럼프 대통령이 국가안보를 위협하는 통신장비 판매와 사용을 금지하고 '국가비상사태'를 선포하는 행정명령에 서명하면서 재차 화웨이 등을 겨냥하자, 중국은 예정됐던 미국산 돼지고기의 수입 취소를 결정하면서 맞섰다. 6월

중앙포토

시진핑 중국 국가주석과 도널드 트럼프 미국 대통령은 무역·환율갈등으로 세계 경제를 혼란에 빠트렸다.

말 들어 일시적으로 갈등 해소 기미가 엿보였다. 일본에서 열린 G20(주요 20개국) 정상회담에서 트럼프 대통령과 시진핑 중국 국가주석이 만나 서로 조금씩 양보한 무역협상을 재개하기로 공식 합의했다. 하지만 7월 말 협상이 결렬되면서 두 나라는 또 티격태격했다. 8월 미국 재무부는 중국이 1994년 이후 환율 조작을 계속했다고 발표하면서 중국 정부를 자극했고, 중국은 750억 달러 규모의 미국산 제품 보복관세 부과 예정을 발표하면서 응수했다.

미국과 중국의 긴박했던 2019년

9월과 10월 두 나라 관계는 고위급 회담으로 다소 진전된 양상을 보였다. 특히 10월 협상에서 부분합의(스몰딜)가 타결되면서 서로 관세 문제를 당초 예정보다 원만히 처리하기로 했다. 11월 중 합의문 서명이 추진됐지만 실무협상에서 관세 철회에 대한 두 나라의 이견이 좁혀지지 않으면서 타결이 미뤄졌다. 이후 12월 12일(현지시간) 미중 양국은 1단계 무역협상 전격 타결을 선언하고 트럼프 대통령도 합의문에 서명했다. 블룸버그통신 보도에서 익명을 원한 소식통은 "트럼프 대통령이 최근 합의의 긴급성을 경시하는 것 같은 발언을 하기도 했지만, 이는 즉흥적 주장이었던 만큼 협상이 교착상태에 빠졌다는 의미로 받아들여선 안 된다"고 말한 바 있다. 1단계 합의로 미국은 1560억 달러 규

2019년 미중 무역갈등 일지

일시	내용
1월 16일	미국, 중국 화웨이와 ZTE 등 기업의 부품 사용 금지 법안 내놓아
2월 24일	트럼프 미국 대통령, 3월부터 예정됐던 중국산 제품 관세 부과 연기 결정
5월 10일	미국, 2000억 달러 규모 중국산 수입품에 대한 관세 25% 인상 발표
5월 13일	미국, 추가 관세 부과할 3250억 달러 규모 중국산 수입품 목록 공개
	중국, 6월부터 600억 달러 규모 미국산 제품에 대한 5~25% 관세 부과 결정
5월 15일	트럼프 대통령, 자국 정보통신 보호 위한 '국가비상사태' 선포(중국 겨냥)
5월 17일	중국, 예정됐던 미국산 돼지고기 대량 수입 취소 결정
6월 18일	미중 정상, 전화 통화로 6월 말 G20 정상회담 전 무역협상 재개에 합의
6월 25일	트럼프 대통령, 당초 예고한 중국산 수입품 관세 부과의 유예 가능성 시사
6월 29일	G20 정상회담에서 서로 양보한 무역협상 재개에 공식 합의
8월 1일	7월 말 양국 협상 결렬에 트럼프 대통령 "중국이 약속 안 지켜" 비난
8월 5일	미국 재무부, 중국이 1994년 이후 환율 조작 계속했다고 발표
8월 23일	중국, 750억 달러 규모 미국산 제품에 대한 보복 관세 부과 예정 발표
9월 20일	미중 고위급 회담 이틀간 개최, 미국 측은 중국산 400개 품목 관세 배제 발표
10월 10일	미중 고위급 회담 이틀간 개최
10월 11일	미중, 무역협상에서 타결된 부분합의(스몰딜) 내용 발표
12월12일	미중, 1단계 무역 합의문에 서명(일부 관세 유예 등)

자료: 외신 종합

모의 중국산 제품에 대한 추가 관세를 철회하게 됐다.

사진 BBC

시진핑 중국 국가주석. 중국은 최근 경제성장 둔화로 시 주석의 고민이 깊어졌다.

1단계 합의 성사와는 별개로, 길었던 미중 무역 갈등이 2020년에는 봉합될지 여부에 관심이 모아진다. 일단 지금으로서는 다소 부정적이다. 이미 갈등의 불씨가 남은 상황에서 1단계 합의가 됐더라도 또 어떤 방향으로 상황이 전개될지 알 수 없다. 트럼프 대통령은 어디로 튈지 모르는 럭비공 같은 스타일이며 시진핑 주석도 미국과의 긴장 관계 유지로 정치적 득을 보는 측면이 있다. 언제든지 추가적인 무역갈등이 조장될 수 있다. 실제 미국은 이번 1단계 합의에서 중국이 약속을 이행하지 않을 경우 관세를 원래 예고대로 부과한다는 스냅백(snap back) 조항을 요구한 것으로 전해졌다. 2020년 역시 두 나라 사이에 당분간 팽팽한 긴장감이 유지될 것으로 예상되는 이유다.

12월 3일 영국 런던에서 열린 북대서양조약기구(NATO) 정상회의에 참석 중이던 트럼프 대통령은 관련해서 의미심장한 말을 하기도 했다. 그는 옌스 스톨텐베르그 NATO 사무총장과의 양자회담에 앞서 기자들과 만나 중국과의 무역협상에 시한(데드라인)이 있느냐는 질문에 "없다"면서 다음과 같이 덧붙였다. "나는 어떤 면에서 중국과의 합의는 '선거' 이후까지 기다리는 편이 낫다고 생각한다. 만약 당신(기자)이 진실을 원한다면 선거 이후까지 기다리는 게 좋을 것이다." 그가 말한 선거는 2020년 11월 3일에 있을 미국 대통령 선거다. 트럼프 대통령의 재선 여부가 달렸다. 그의 말이 진심에서 비롯됐는지, 특유의 허풍에서 비롯됐는지는 알 수 없지만 말대로라면 2020년 11월 미국 대선 전까지는 무역갈등이 언제든 재개될 가능성이 있는 것이다.

어찌 됐든 기세등등하게 보이는 미국과 달리 중국은 사정이 좀 더 복잡하다. 국력에서 미국에 상대적으로 뒤처지기도 하지만, 무엇보다 무역갈등 여파로 최근 경제 상황이 썩 좋지 못해 시진핑 주석 등 공산당 수뇌부를 골치 아프게 만들고 있다. 2019년 중국의 경제성장률은 1분기 6.4%, 2분기 6.2%, 3분기 6.0%로 잇따라 낮아졌다. 4분기는 아직 집계되지 않았지만 3분기보다 낮은 5%대일 것이라는 관측이 우세하다. 중국 인민대는 중국의 2019년 연간 성장률이 6.1%에 머물고, 2020년 5.9%로 더 낮아질 것으로 내다봤다. 중국은 2010년 10.6%로 정점을 찍은 후 성장률이 우하향하기는 했어도 줄곧 고성장을 유지했다. 그러다 2018년 6.6%까지 성장률이 하락하는 등 경제 상황이 급격하게 예전만 못해졌다. 2018년의 6.6%는 1990년 3.9% 이후 가장 낮은 수준이었다. 무역갈등 장기화로 그만큼 타격을 받고 있다는 분석이 나왔다.

미중 모두 2019년 경제성장률 하락

추세대로라면 2019년과 2020년 성장률은 여기서 더 떨어질 것이 유력하다. 가뜩이나 경제 성장동력이 과거보다 떨어진 중국으로서는 미국과의 무역갈등이 더 길어질수록 상황은 한층 나빠질 뿐이다. 여기까지만 보면 중국이 내심 무역갈등을 서둘러 봉합하고 싶어 할 것으로 추측할 수도 있지만, 문제는 그리 간단하지 않다. 중국과 치킨게임을 벌이고 있는 미국도 마냥 여유를 부리기엔 점점 어려워져서다. 그게 더 상황을 복잡하게 만들고 있다. 미국 경제는 2018년 성장률 2.9%로 선방했지만 2019년엔 2.3%, 2020년에는 1.8%로 예상되고 있다.

산업 현장에서도 점차 불만 목소리가 높아지고 있다. 미중기업협의회(USCBC)는 2019년 중국 사업을 하는 미국 기업 220곳을 대상으로 설문조사를 진행했다. 그 결과 미국 기업 81%는 2019년 중국 사업을 하면서 갈등 장기화의 영향을 받았다고 응답했다. 1년 전 조사 때보다 8%포인트 높아진 수치다. 또 26%는 2019년 무역갈등 때문에 중국에서 거둬들이는 수입이 감소할 것으로 우려했다. 2018년 조사에서는 9%

트럼프 대통령은 '관세맨'을 자처한다. 중국뿐 아니라 다른 나라를 상대로도 추가적 관세 부과로 자국의 이익 실현 극대화를 도모하고 있다.

중앙포토

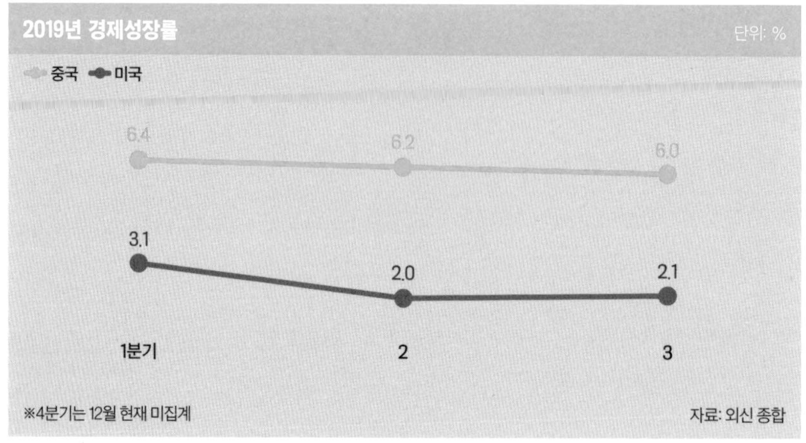

였다. 단순히 일부 기업 문제로 그치지 않는다. 중국 사업과 관련된 미국 내 일자리가 줄어들 개연성이 커진다는 의미여서다.

이런 상황에서 중국으로서는 속내야 어쨌든 섣불리 미국에 꼬리를 내리고 불리한 협상 조건에 응할 이유가 줄었다. 이제 미국도 꽤나 급해졌기는 마찬가지라는 판단이라면 굳이 그러지 않고도 더 좋은 조건에 협상 타결을 기대해볼 수 있다. 실제 중국 공산당 기관지 인민일보는 USCBC 조사 결과를 인용한 2019년 사설에서 "미중 경제협력은 공동의 이익을 목표로 시장의 역량에 따라 결정된다"며 "협력해 공동 이익을 추구하고자 하는 시대 흐름을 거스를 순 없다"고 강조했다. 협상 타결이 필요하다는 데 의견을 같이하나, 무리하면서까지 미국 이익 중심의 협상에 응하지는 않을 것임을 돌려 선언한 것이다.

미국 기업들, 중국에서 얻는 수입 감소 우려

결국 1단계 합의 성사와는 무관하게 2020년에도 미중 무역 갈등은 봉합되기가 결코 쉽지 않을 것으로 보인다. 강 대 강의 대립 구조에서 어느 한쪽이 많이 양보하기 쉽지 않은 상황이라는 것이 문제 해결을 한층 어렵게 만들고 있다. 더구나 정치적 셈법까지 복잡하게 깔려 있다. 단 한가지 예외적인 가능성이라면 2020년 안에 두 나라 중 어느 한쪽, 또는 양쪽 경제가 예상보다도 훨씬 심각하고 급격하게 나빠져 다소 손해를 감수하더라도 무역갈등이라는 리스크를 원천 차단해야 하는 경우다. 트럼프 대통령의 재선도 변수일 수 있지만 이는 11월이나 돼야 결과가 나온다. 그때까지는 정치적 카드로 미중 무역갈등을 반복해서 꺼낼 공산이 크다. 불리한 조건에 협상을 졸속 타결했다는 여론이라도 쏟아지면 타격이 클 수밖에 없어 트럼프 대통령도 셈법을 거듭 신중하게 가져갈 전망이다. 세계 경제에 드리운 불확실성의 그림자는 언제쯤 걷힐까. 大예측

북미 · 남북 관계 풀릴까?

이창균 기자

'지정학적 리스크'. 한국 경제를 논할 때 빼놓을 수 없는 내용이다. 역사적으로 갈등과 화해를 반복했던 북한, 전통의 우방국이지만 때론 관계가 삐걱거리는 미국, 그리고 이들의 영향에서 어떤 형태로든 자유로울 수 없는 한국이다. 2019년 역시 북미와 남북 간 관계에서 조금씩 희비가 엇갈렸다. 2018년 문재인 대통령과 김정은 북한 국무위원장이 세 차례 만나 조성된 남북 화해 분위기에다, 대북 관계 개선을 치적으로 삼으려 하는 도널드 트럼프 미국 대통령까지 가세해 일이 잘 풀릴 듯 보였던 2019년은 기대와 달랐다. 2월 말 김 위원장과 트럼프 대통령이 베트남 하노이에서 2018년 6월에 이은 2차 정상회담을 가졌지만 합의문 도출 없이 담판이 최종 결렬됐다. 이후 북한은 남북공동연락사무소에서 철수를 통보했다가 일부 복귀하는 등 회담 결과에 대해 노골적으

중앙포토

김정은 북한 국무위원장과 도널드 트럼프 미국 대통령. 2019년 트럼프 대통령 특유의 '밀고 당기기' 협상 전략에 북한은 좀체 관계 개선에 성공하지 못했다.

로 불만을 표시했다. 5월에 단거리 미사일을 두 차례 발사하면서 무력시위에 나섰다.

2019년 6월 잠시 분위기는 다시 좋아졌다. 방한한 트럼프 대통령이 당월 30일 문 대통령과 공동경비구역(DMZ) 시찰에 나섰는데, 두 정상은 이날 판문점에서 김 위원장과 만나 사상 첫 남북미 정상의 '깜짝 회동'이 성사됐다. 하지만 이후로도 북미 비핵화 협상은 별다른 진전 없이 교착상태에 빠졌다. 북한은 7월부터 11월 28일까지 단거리 탄도 미사일인 'KN-23'과 초대형 방사포 등을 11차례나 추가로 발사했다. 김 위원장은 10월 들어 금강산 국제관광지구를 시찰한 자리에서 "단지 내 남측 시설물을 철거할 것"을 지시하기도 했다. 그 사이 김 위원장이 문 대통령 모친상에 조의문을 전달하거나(10월 30일), 문 대통령이 친서를 보내 11월 25일부터 부산에서 열린 한·아세안 특별정상회의에 김 위원장을 초청하며 화답하는 등 일시적인 화해 분위기가 조성됐지만 구체적 성과는 없었다. 우리 정부는 계속 북측에 유화적인 정책 기조를 유지했지만, 2018년과는 달리 별 소득은 없었던 한 해였다.

2018년과 달리 교착상태에 빠진 남북미

남북 관계가 이처럼 꼬인 근본적 이유는 당초 북측이 기대했던 북미 관계 진전이 없어서다. 한국은행에 따르면 2016년 3.9%였던 북한의 경제성장률은 2017년 -3.5%로 추락했다. 국제사회의 대북 제재가 본격화했던 해다. 집권 이후 한국이나 미국 측에 줄곧 공격적인 자세를 취했던 김 위원장은 이 무렵 태도를 180도 바꾸며 2018년 잇따라 남북 정상회담에 임했다. 그가 한국의 지지를 발판 삼아 미국과의 원만한 협상으로 국제사회의 대북 제재를 풀고 경제난을 극

2019년 남북미 관계 일지

일시	내용
2월 27~28일	북미 2차 정상회담 개최(베트남), 합의문 도출 없이 담판 결렬
3월 22일	북한, 남북공동연락사무소에서 철수 통보, 이후 일부만 복귀
5월 4~9일	북한, 단거리 미사일 등 2차례 발사
6월 30일	한미 정상 DMZ 시찰, 판문점에서 사상 첫 남북미 정상 회동
10월 23일	김정은 북한 국무위원장, 금강산 국제관광지구 남측 시설 철거 지시
10월 30일	김 위원장, 문재인 대통령 모친상에 조의문 전달
11월 5일	문 대통령, 친서 보내 한·아세안 특별정상회의에 김 위원장 초청
11월 21일	김 위원장, 조선중앙통신 기사 통해 초청에 불응한다고 밝혀
11월 28일	북한, 7월부터 이날까지 미사일 등 11차례 추가 발사

자료: 외신 종합

복하려 한다는 분석이 전문가들 사이에서 쏟아졌다. 대북 제재는 그만큼 북한 권력층에 위협적으로 작용했다. 2018년에도 북한은 성장률이 -4.1%로 2년 연속 마이너스 성장을 기록했다(이상 추정치 기준). 이는 '고난의 행군' 시절이던 1997년 이후로 최저치였다. 김 위원장이 직접 나서지 않을 수 없었던 배경이다.

2019년 북한 미사일 발사 일지

일시	발사 위치	발사체 분석(괄호 안은 북한 발표)
5월 4일	호도반도	단거리 미사일, 방사포 등
5월 9일	구성	단거리 미사일 2발
7월 25일	호도반도	KN-23 2발(신형 전술유도탄)
7월 31일	원산	KN-23 2발(신형 방사포)
8월 2일	영흥	KN-23 2발(신형 방사포)
8월 6일	과일	KN-23 2발(신형 전술유도탄)
8월 10일	함흥	KN-23 2발(신형 무기)
8월 16일	통천	단거리 미사일 2발(신형 무기)
8월 24일	선덕	단거리 미사일 2발(초대형 방사포)
9월 10일	개천	단거리 미사일 2발(초대형 방사포)
10월 2일	원산	잠수함발사탄도미사일 북극성-3형
10월 31일	순천	초대형 방사포(초대형 방사포)
11월 28일	연포	초대형 방사포(초대형 방사포)

자료: 외신 종합

이런 배경 속에 북한은 한국과의 관계 개선보다는 미국과의 관계 개선에 더 관심을 갖고, 문 대통령의 주선으로 김 위원장이 트럼프 대통령과 만났지만 결과는 좋지 못했다. 이남주 성공회대 중어중국학과 교수는 한 언론 기고에서 그 이유와 전망을 다음과 같이 짚었다. "미국이 북한의 비핵화 이전에는 제재를 해제할 수 없다는 태도를 견지하면서 협상이 진전되지 못했다. 미국은 제재 해제 때 북한의 비핵화를 촉진할 추가 수단이 없다고 우려하고 있다. 이에 북한은 더 핵과 미사일 같은 군사적 억제 수단에 집착하고 있다. 앞으로도 새로운 접근이 없으면 한반도 정세는 협상과 대결의 사이클을 반복할 것이다. 2019년 있었던, 한국에 대한 북한의 공세적인 태도를 고려하면 이 태도는 2020년 초까지도 변하지 않거나 오히려 한층 거세질 가능성이 있다."

협상의 '주도권'을 쥔 트럼프 대통령의 스타일을 분석해봐도 비슷한 결론

사진 청와대

남북 정상은 2018년 판문점 북측 통일각에서 다시 만나 화기애애한 분위기를 만들었지만, 이후 2019년 전반에 걸쳐 남북 관계는 지지부진했다.

에 도달한다. 기업가 출신인 그는 1971년 부친으로부터 경영권을 물려받아 트럼프그룹을 운영하면서부터 수십년 동안 사업상의 각종 협상에서 전형적인 '밀고 당기기' 전략을 구사했다. 좀 더 좋은 조건의 거래 성사나 제안 받기를 원할 때마다 일부러 강경한 태도로 상대방을 무안 주거나, 반대로 짐짓 유화적 태도로 안심시키면서 유리한 상황을 이끌어냈다. 그가 1987년부터 대통령이 되기 전까지 29년간 꾸준히 남긴 여러 권의 저서만 봐도 이런 능수능란한 면모를 확인할 수 있다. '돈 때문에 거래를 하는 건 아니다. 돈은 얼마든 있다. 거래를 통해 삶의 재미를 느낀다(〈거래의 기술〉 중)' '거래가 빠르게 진척되려면 협상안에 관심이 없는 척을 해야 한다. 그러면 상대방은 보다 적극적으로 협상에 매달린다…(중략)…때로는 테이블을 주먹으로 내리치며 큰소리를 쳐야 거래가 원활하게 진행된다(〈트럼프의 부자가 되는 법〉 중)' '협상에서 유리한 고지를 점하기 위해 타이밍을 이용한다. 느긋한 표정으로 정말 그 거래를 원하는지 확실히 모르겠다는 듯 짐짓 연기를 하는 것이다. 그럼 상대방은 곤혹스러워하고,

난 다음 수를 결정하기 위한 시간을 벌게 된다. 협상 중 지나치게 안달하거나 가진 패를 너무 일찍 보여주면 불리해진다. 초조함은 상대를 우세하게 만든다. 어떤 협상이든 목적을 뚜렷이 정해 철저히 대비하라. 내가 받아내야 할 최소의 것과 지불할 의향이 있는 최고의 것을 파악하라. 그 범주 안에서 거래를 할 수 없을 경우 그대로 협상 자리를 박차고 나올 준비를 하라(〈CEO 트럼프, 성공을 품다〉 중)'

협상 주도권 쥔 트럼프의 '밀고 당기기'

대통령이 된 후에도 그는 기존에 갖고 있던 자신의 협상 철학을 지키고 있으며, 그것이 북한과의 협상에서 대표적으로 드러나고 있다는 분석이다. 2019년 5월부터 계속된 북한의 미사일 도발에도 트럼프 대통령은 '마이 웨이'를 고수하고 있다. 12월 3일(현지시간) 영국 런던에서 열린 북대서양조약기구(NATO) 정상회의에 참석 중이던 그는 기자회견에서 "김정은 위원장이 나와 맺은 비핵화 합의를 준수해야 한다. 필요하다면 무력을 사용할 수도 있다"고 언급해 관심을 집중시켰다.

외신에 따르면 그는 "북한이 (기존 비핵화 합의에도) 왜 여전히 핵 프로그램을 유지하고 있느냐"는 기자 질문에 "나는 김 위원장을 신뢰한다. 지켜보자"고 말했다. 그러면서도 "김 위원장은 로켓 발사를 좋아한다. 이 때문에 그를 '로켓맨'이라고 불렀다"고 덧붙였다. 개인 간 친분을 강조하는 한편, 무력 사용도 가능하다는 식으로 특유의 밀고 당기기를 다시 한번 협상 카드로 꺼내든 셈이다. 로켓맨은 북미 간 긴장이 최고조에 달했던 2017년 하반기에 트럼프 대통령이 조롱하듯 김 위원장을 가리켜 썼던 별명이다.

이런 밀고 당기기 전략에 북측이 난감해하는 이유는 북한 또한 과거부터 지금까지 밀고 당기기로 살아남은 바 있어서다. 공공 겉으로는 평화를 외치며 화해 시도를 유도하되, 내부적으로는 전쟁 준비를 통한 결속 다지기에 나서면서 위협적 태도를 보이는 '화전양면전술'이 그것이다. 이 같은 전략이 과거 버락 오바마 미국 행정부 때는 어느 정도 통했지만, 엇비슷한 전략을 구사하되 국가로서의 '힘'은 여전히 훨씬 강한 트럼프 행정부 들어서는 통하지 않고 있다. 오바마 전 대통령은 트럼프 대통령이 "오바마는 북한과의 전쟁 가능성을 가장 우려했다"고 비판할 만큼 북한을 최대한 안심시켜 국제사회로 끌어내려 시도한 바 있다. 북한으로서는 정반대 상황이 된 것이다.

북한 도발에 따른 미군 정찰기 대북 감시 강화

일시	내용
11월 23일	김정은 국무위원장, 남북접경 지역인 창린도에서 해안포 사격 지도
11월 27~28일	미 해군 정찰기 EP-3E와 미 공군 E-8C · RC-135V, 한반도 상공 비행
11월 28일	북한, 함경남도 연포 일대서 초대형 방사포 연발시험사격 진행
11월 29일	국가정보원, "동창리 미사일 발사장에서 차량과 장비의 움직임 증가"
11월 30일	미 공군 U-2S, 수도권 · 강원도 · 충청도 상공 비행 U-2S 북한 쪽 60~70km 지역의 군 시설 RC-135
12월 2일	미 공군 리벳 조인트 RC-135W 정찰기 1대, 서울 등 수도권 상공 비행
12월 3일	미 공군 E-8C · RC-135U 등 정찰기 2대 동시에 한반도 상공 비행
12월 4일	미 해군 해상초계기 P-3C 한반도 상공 비행 P-3C
12월 5일	미 공군 리벳 조인트 RC-135W 정찰기 1대 경기도 남부 상공 비행
12월 6일	미 공군 RC-135V · RC-135S 등 정찰기 2대 서울 · 동해 상공 비행

그렇다고 북한이 미국과 트럼프 대통령 요구대로 완전한, 돌이킬 수 없는 비핵화를 시도할 가능성은 희박하다. 북한 정권은 핵을 놓는 순간 생존권을 심각하게 위협받는다고 믿고 있다. 11월 중순경 미국 작가 더그 웨드가 펴낸 책 〈트럼프의 백악관 안에서〉는 트럼프 대통령의 사위이자 백악관 보좌관으로서 비핵화 협상 과정을 지켜보고 있는 재러드 쿠슈너의 얘기를 담고 있다. 이에 따르면 쿠슈너는 "김 위원장의 아버지 김정일은 절대로 '무기'를 포기하지 말라고 말했다"는 친서 내용 일부를 공개하면서 "그 무기는 김 위원장의 안전을 보장할 수 있는 유일한 수단"이라고 전했다. 여기서 고 김정일 국방위원장이 말했다는 무기는 맥락상 핵을 의미한다.

핵을 유일한 안전 보장 수단으로 인식

2020년에도 북미 관계가, 그리고 이와 맞닿은 남북 관계가 쉽사리 개선되기 어려울 것으로 관측되는 이유다. 단, 변수는 있다. 현지시간으로 2020년 11월 3일 있을 미국 대통령 선거에서 재선을 노리는 트럼프 대통령이 선거 직전 전격적인 거래 성사 카드로 여론 장악을 노릴 경우다. 그가 내세울 만한 치적을 쌓는 차원에서 북핵 문제를 예상보다 서둘러 처리하는 유화적 행보를 보일 가능성을 배제할 수 없다. 그러나 이런 시도가 오히려 역풍으로 작용해 재선에 불리할 수도 있다는 점에서 가능성이 크진 않아 보인다. 얽히고설킨 남북미 관계는 2020년에도 실타래를 풀기가 쉽지 않을 전망이다. 大예측

CHAPTER 3
한국 경제 어디로

- 성장률 1%대 시대로 접어드나?
- 한국 수출 기저효과로 소폭 반등하나?
- 가계부채 뇌관 터질까?
- 재정적자 계속 쌓이나?

2020년 한국 경제는 저성장의 늪으로 빠져들지 여부를 가늠하는 중요한 시험대에 오를 전망이다. 미중 무역전쟁이 이어지고 반도체 가격이 오르지 않는다면 1%대 성장에 그칠 가능성도 배제할 수 없다. 미중 두 나라가 1차 합의를 이뤘고 노딜 브렉시트 우려도 잦아들었지만 언제 다시 악화할지 모를 시한폭탄 같은 변수들이다. 이런 가운데 확장적 재정정책과 복지지출 확대로 재정적자는 더욱 커질 전망이다. 그나마 가계부채 문제가 더 악화되지는 않을 것이란 분석이 위안거리다.

성장률 1%대 시대로 접어드나?

황건강 기자

2020년 한국 경제는 저성장 시대 돌입 여부를 가늠하는 중요한 시험대에 오를 전망이다. 한국 경제는 2019년 한해 동안 어려움을 겪었다. 국가 경제의 상당 부분을 수출에 의존하고 있지만 미국과 중국의 무역분쟁과 글로벌 교역량 감소 속에 타격을 입었다. 내부적으로도 핵심 산업의 부진과 성장동력 약화 속에 경제성장률은 하락세가 부각됐다. 일각에서는 2019년 연간 경제성장률이 1%대로 추락할 수 있다는 경고음도 나왔다. 2019년 11월 말을 기준으로 한국은행과 한국개발연구원(KDI), 국제통화기금(IMF) 등 국내외 기관과 투자은행 11곳의 2019년 한국 경제성장률 전망치는 1.95%다. 한국은행과 KDI, IMF 등 6곳은 2.0% 달성이 가능할 것이라 예상한 반면 5곳은 1.9%를 예상했다. 절반은 2%대 성장 유지를 절반은 1%대로 떨어질 수 있다는 의견이다.

어려운 시기를 보내고 있지만 일단 2020년 한국 경제는 나아질 것이란 쪽에 무게가 실린다. 국내외 주요 기관 11곳의 2020년 한국 경제성장률 평균치는 2.13%다. 가장 긍정적인 전망을 내놓은 한국은행은 2.3% 성장을 예상했다. IMF와 JP모건은 각각 2.2%, 무디스와 S&P, 골드만삭스, JP모건 등은 2.1% 성장할 수 있다고 봤다. 대다수 기관들이 한국 경제성장률이 반등할 수 있다고 예상하는 근거로는 우선 경기가 바닥을 쳤다는 판단이 자리 잡고 있다.

2020년 한국 경제성장률 평균치는 2.13%

통계청에서 집계하고 있는 경기선행지수 순환변동치를 살펴보면 2019년 9월을 기점으로 상승세로 전환했다. 10월에는 전월 대비 0.2포인트 오른 98.7을 기록하면서 2개월 연속 올랐다. 경기선행지수 순환변동치가 두 달 연속 오른 것은 2017년 6월 이후 28개월 만이다. 경기선행지수 순환변동치는 3~6개월 후 경기흐름을 보여주는 지표다. 따라서 경기가 바닥을 지났다는 신호로

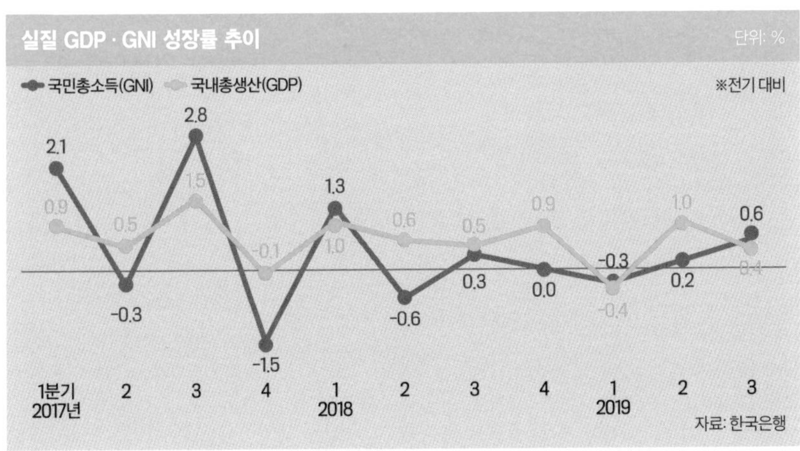

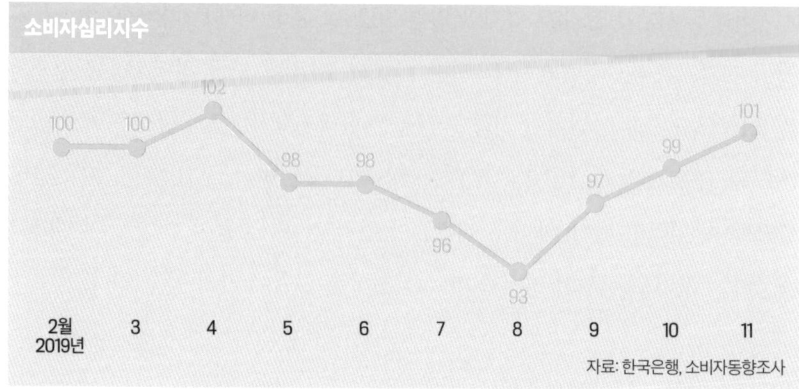

해석되고 있다. 경제협력개발기구(OECD)가 발표하는 한국 경기선행지수(CLI · Composite Leading Indicators)도 하락세가 잦아드는 모습을 나타내고 있다. 2019년 9월 한국 CLI는 98.69를 기록하며 전월 대비 0.09포인트 하락하는 데 그쳤다. 한국 CLI는 2019년 5월 전월 대비 0.14포인트나 하락했지만, 6월에는 0.13포인트, 7월 0.12포인트, 8월 0.11포인트 하락하며 하락폭이 지속적으로 줄어드는 모습이다.

미 · 중 무역갈등 완화에 교역량 증가 기대

경기 부진이 바닥을 찍었다는 신호는 기업과 소비자 심리지표에서도 나타난다. 한국은행에 따르면 2019년 11월 소비자심리지수(CCSI)는 100.9로 집계됐다. CCSI는 국내 가계의 현재 생활형편, 가계수입전망, 생활형편전망, 소비지출전망, 현재 경기판단, 향후 경기전망 등 6개 지표를 수치화한 것으로 100을 넘으면 소비심리가 긍정적이라고 해석한다. 국내 제조업 업황실적 기업경기실사지수(BSI)도 2019년 8월 68을 기록한 후 석달 연속 상승해 74를 기록했다.

BSI는 기업들의 경기 판단을 나타내는 지수로 100을 넘으면 체감경기를 부정적으로 느끼는 기업보다 긍정적으로 보는 기업이 더 많다는 것을 의미한다.

2019년 한국 경제의 발목을 잡았던 미·중 무역갈등이 완화 국면을 맞이하고 있다는 점도 긍정적 요소다. 2018년 미국의 중국산 수입품 관세 부과로 전면전에 돌입한 미·중 무역갈등은 2019년에도 파열음을 냈다. 긴장감을 이어가던 미국과 중국은 2019년 9월 재협상에 들어갔고 10월에는 1단계 스몰딜 합의가 임박했다는 소식이 나오면서 완화 국면에 들어갔다. 11월에는 고위급 협상이 타결 초읽기에 들어갔다는 전망이 나왔고 12월에는 도널드 트럼프 미국 대통령이 1단계 합의에 서명했다. 덕분에 국내외 주요 기관들은 2020년 전 세계 교역량이 증가하고 경제성장률도 상승할 것으로 내다보고 있다.

IMF는 2020년 세계교역량이 전년 대비 3.2% 늘어날 것으로 예상하고 있다. 2019년 1.1% 증가에 그쳤지만 바닥을 치고 2.1%포인트 늘어날 것이란 전망이다. 동시에 세계 경제 성장률은 3.4%로 예상해 전년 대비 0.4%포인트 높아질 것으로 봤다. 세계무역기구(WTO)도 2020년 세계 교역 성장률이 3%에 이를 것으로 내다봤다. 2019년 1.2%에 비해 1.8%포인트 높아질 것이란 예상이다. 교역량 증가에 따라 한국의 수출액도 늘어날 것으로 예상된다. 한국무역협회

국내외 주요 기관·투자은행의 한국 경제성장률 전망 단위: %

	2019년	2020년
한국은행	2.0	2.3
KDI	2.0	2.3
한국경제연구원	1.9	1.9
LG경제연구원	2.0	1.8
IMF	2.0	2.2
OECD	2.0	2.3
무디스	2.0	2.1
S&P	1.9	2.1
골드만삭스	1.9	2.1
모건스탠리	1.9	2.1
JP모건	1.9	2.2

자료: 각 기관

에 따르면 한국의 2019년 10월 기준 누적 수출액은 3431억 달러로 전년 동기 대비 12.6% 줄었다. 이와 달리 2020년에는 전년 대비 3.3% 증가로 돌아서면서 연간 5610억 달러를 수출할 것으로 내다봤다.

긍정적 전망에도 한계는 있다. 교역량이 일부 회복되겠지만 미국과 중국이 무역갈등을 겪기 이전 수준으로 돌아가기는 어렵다는 예상이 지배적이다. 3단계까지 협상이 진행될 것으로 예상되는 상황에서 이제 겨우 첫 단계에 발을 떼고 있는 상황인데도 긴장감이 여전하다. 더구나 지금까지 도널드 트럼프 미국 대통령의 행보를 볼 때 언제 갈등이 다시 심화될지 모르는 상황이다. 실제로 트럼프 대통령은 2019년 12월 중국과의 합의가 미국 대선 이후로 미뤄질 수 있다는 언급을 내놓으면서 미·중 갈등이 다시 부각되기도 했다. 하루 만에 협상이 원활하게 진행되고 있다는 언급이 추가되면서 양국 간 갈등은 낙관론으로 돌아서긴 했지만 언제든 상황은 바뀔 수 있다. 더구나 3단계까지 협상을 진행하는 과정에서 중국의 지적재산권, 산업보조금 등의 문제나 중국의 전략산업 육성 정책 등은 장기 과제로 남을 전망이다.

세계 경제 성장률 전망 단위: %

		2019	2020
IMF	평균	3.0	3.4
	선진국	1.7	1.7
	신흥국	3.9	4.6
OECD	평균	2.9	2.9
	OECD 국가	1.7	1.6
	비OECD 국가	3.9	4.0
World Bank	평균	2.6	2.7
	선진국	1.7	1.5
	신흥국	4.0	4.6

자료: 각 기관

한국의 주력 산업을 맡고 있는 대표 기업들의 수익성이 회복될 것이란 전망도 나온다. 골드만삭스는 한국 기업들의 주당순이익

(EPS)이 2019년 33% 감소하며 바닥을 찍은 후 2020년에는 22% 늘어날 수 있을 것이라 예상하고 있다. 특히 반도체 부문의 이익 회복이 나타날 것이라는 점에 주목했다. 한국의 대표 수출 품목인 반도체 시장에서는 D램과 낸드플래시 등의 재고가 줄고 수급 구조가 개선될 것으로 점쳐지고 있다. 2020년 수요가 급증할 것으로 예상되는 5G 스마트폰 역시 반도체 업황 개선에 긍정적 요소다.

기업 실적 개선과 정부의 경기 부양

한국 정부의 재정 지출 확대를 통한 경기 부양도 경제성장률을 다소 높일 수 있을 것으로 예상되고 있다. 정부는 2020년 예산안을 513조5000억원으로 잡았다. 이 금액이 국회에서 그대로 확정된다면 정부 예산은 2020년에는 2019년에 비해 43조9000억원 늘어난다. 이렇게 늘어난 예산은 정부재정승수를 곱한 만큼 경제성장률을 높일 것이라는 기대를 받고 있다. 다만 정부재정승수에는 이견이 있다. 한국은행은 2000년 1분기부터 2018년 3분기까지의 정부 재정지출을 분석한 뒤 재정승수가 1.27이라고 보고 있다. 이와 달리 한국경제연구원은 0.49, 기획재정부는 0.3~0.4 정도로 본다. 중간값인 0.49를 적용할 경우 경제성장률에는 0.2%가량 영향을 미칠 것으로 추정되고 있다.

2020년에 한국 경제성장률이 1%대로 떨어지지는 않을 것이란 예상에 무게가 실리는 상황에서 근원적 질문으로 돌아갈 필요도 있다. 상징적으로는 1.9% 성장과 2.0% 성장의 차이가 분명하지만 실질적으로는 2.1%와 2.0%의 차이보다 특별한 의미를 두기 어렵다. 따라서 한국 경제가 2% 성장을 전후로 구조적 저성장 국면에 접어들 것인지 여부에 관심이 쏠린다. 여기서는 당분간 성장률 정체 가능성을 부인하기 어려운 상황이다. 일단 민간소비와 기업들의 설비투자 부진 속에 디플레이션 가능성도 부각되고 있다.

국내 기관 가운데 2020년 경제성장률 전망치를 가장 긍정적으로 예상한 곳은 한국은행이다. 한국은행은 2020년 2.3% 성장을 예상했다. 그러나 달성이 쉽지 않다는 평가가 주를 이룬다. 우선 한국은행은 민간소비 증가와 설비투자를 낙관적으로 보고 있다. 한국은행이 제시한 2020년 민간소비 증가율은 연간 2.1%로 2019년 1.9%에 비해 0.2%포인트 높아진다. 설비투자는 이보다 더 급격히 늘어날 것으로 내다봤다. 한국은행이 제시한 2020년 설비투자 증가율은 4.9%로 2019년 -7.8%에 비해 12.7%포인트나 늘어난다. 경기가 바닥을 치고 반등할 것으로 예상되면서 일부 대기업을 중심으로 대규모 투자 계획을 내놓고는 있다는 점을 감안해도 증가폭이 너무 크다. 최근 한국 경제에 디플레이션의 그늘이 드리워졌다는 점도 설비투자 급증 가능성을 낮추는 요소다.

디플레이션과 구조적 저성장의 그늘

최근 국내외 주요 기관들 사이에서는 국내총생산(GDP) 디플레이터 하락을 두고 구조적 저성장 국면에 진입하는 것 아니냐는 우려가 나오고 있다. GDP 디플레이터는 명목 GDP를 실질 GDP로 나누어 사후적으로 계산하며 국내에서 생산된 수출 품목을 포함해 국민소득에 영향을 주는 모든 물가요인을 포괄하는 종합적인 물가지수로 통한다. 따라서 이 지수가 마이너스를 기록했다는 것은 디플레이션 가능성을 떠올리게 한다. GDP 디플레이터는 2018년 4분기부터 2019년 3분기까지 4분기 연속 마이너스를 기록하고 있다. GDP 디플레이터 증감률이 4분기 연속 마이너스를 기록한 것은 사상 처음 있는 일이다. 2019

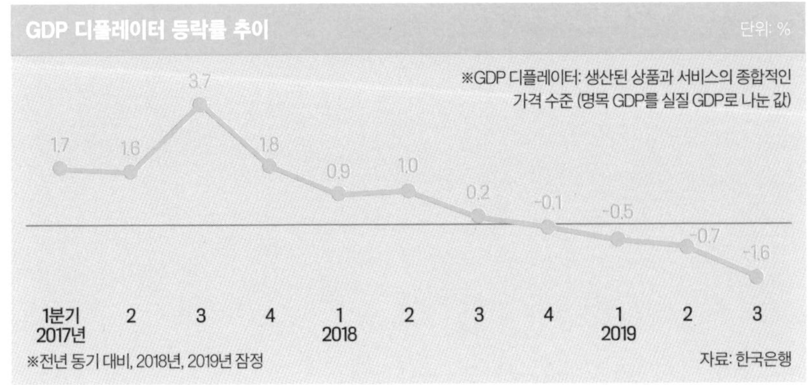

년 3분기 증감률은 -6.7%로 외환위기 직후인 1999년 2분기 이후 최대치다.

디플레이션이 발생할 경우 자산가치 하락을 염두하고 있는 기업들은 설비투자와 생산을 최대한 미루는 경향이 있다. 민간소비도 마찬가지다. 시간이 흐를수록 보유 현금의 가치가 높아지기 때문에 시중에 돈이 돌지 않아 경제활력이 떨어지는 악순환이 나타날 수도 있다. 일본 경제가 잃어버린 20년의 시작점으로 꼽는 1995년 일본의 GDP 디플레이터는 4분기 연속 마이너스를 기록했다. 한국은 5분기 연속 GDP디플레이터가 마이너스를 기록할 가능성도 나오고 있다. 이 때문에 전문가들은 한국 경제가 2% 성장을 달성하는 것 못지 않게 장기적으로 구조적 저성장 우려를 떨쳐내는 쪽에 관심을 기울여야 한다고 지적하고 있다. 大예측

한국 수출 기저효과로 소폭 반등하나?

최윤신 기자

2019년 한국 수출이 큰 폭으로 줄어들었다. 그간 한국 경제를 떠받쳐왔던 수출의 부진은 한국 경제의 성장세를 제약한 가장 큰 요인이 됐다. 한국무역협회 국제무역연구원은 2019년 우리나라 수출이 전년 대비 10.2% 감소한 5430억 달러에 그칠 것으로 추정한다. 수출 감소는 2016년 이후 3년 만이며, 두 자리 수 감소하는 것은 2009년 이후 10년 만에 처음이다. 2018년 급속도로 성장하며 사상 처음으로 6000억 달러를 돌파했던 한국 수출 규모는 불과 1년 만에 2017년 이전 수준으로 회귀했다. 수출액 감소에 따라 세계 수출 순위도 7위로, 한계단 떨어질 전망이다.

2019년의 수출 부진은 우리나라의 일만은 아니다. 세계 10대 수출국 가운데 중국을 제외한 모든 국가의 수출이 감소하는 등 국제무역이 전반적으로 녹

청와대사진기자단

문재인 대통령이 12월 5일 오전 서울 삼성동 코엑스에서 열린 제56회 무역의 날 기념식에 참석해 수출의 탑 수상기업 대표들과 기념사진을 찍고 있다.

록하지 않았다. 다만 한국의 수출 감소폭이 유난히 큰 것은 중국과 미국에 대한 수출 의존도가 높아 미중 무역갈등의 직격탄을 맞은 탓이다. 특히 한국은 반도체·석유 관련 제품 등 가격 민감 품목의 비중이 높아 교역단가 하락의 영향이 컸다.

10년 만에 두 자리 수 후퇴

2020년에는 한국의 수출금액이 소폭 증가세로 돌아설 것으로 보인다. 한국무역협회는 2020년 수출이 전년 대비 3.3% 증가한 5610억 달러 수준을 기록할 것으로 내다봤다. 2019년보다는 다소 회복되겠지만 2018년 거둔 6000억 달러 기록에는 한참 미치지 못한다.

2020년의 회복 전망은 사실상 전년 감소분의 통계적 기저효과라고 볼 수 있다. 2019년 초 수출 감소가 본격화됐기 때문에 2020년 초부터 전년 동기 대비 증가율이 높게 나타날 수 있다는 의미다. 우리나라 수출 감소세는 2019년 10월(-14.7%)을 저점으로 점진적으로 개선되는 모습을 보이고 있다. 수출은 2018년 12월 -1.7%로 감소세를 나타낸 이래 12개월 연속 감소세를 이어갔고, 2019년 6월부터는 두 자릿 수 감소율을 기록하며 감소세가 빨라졌다. 그렇지만 2019년 12월 수출 감소율이 한 자리 수로 꺾이고, 2020년 1월이면 0%대에 진입할 전망이다. 이어 2~3월쯤이면 수출이 고꾸라지기 직전인 2018년 11월(3.6% 증가) 수준으로 돌아갈 것이라고 정부는 전망하고 있다.

수출 물량이 점차 늘어나고 있는 상황은 2020년 수출 회복의 기대감을 높인다. 2019년 1~11월 누적 수출 물량은 전체 품목에서 0.3% 증가한 것으로

부산항 신선대부두에 수출입 화물이 쌓여 있다.

연합뉴스

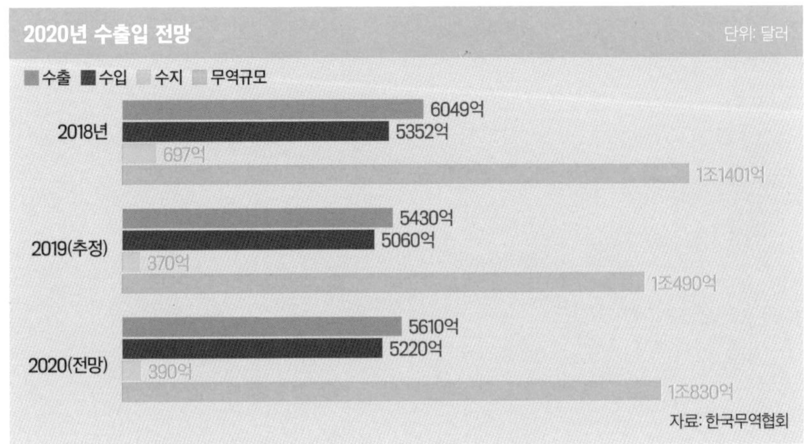

나타났으며, 이는 모두 20개 품목 중 13개에서 물량이 늘어난 것이다. 우리나라 수출의 27%를 차지하는 중국에 대한 수출 감소율이 줄어들고 있는 것도 고무적이다.

그럼에도 수출기업들이 느끼는 경기는 점차 악화되고 있는 추세다. 한국은행에 따르면 수출기업들의 기업경기실사지수(BSI)는 2019년 등락을 반복했지만 최근 70대로 떨어졌다. 2019년 11월 수출기업의 업황 BSI는 전월 대비 2포인트 하락한 78을 기록했으며 12월 전망지수는 75로 무려 5포인트나 떨어졌다. BSI란 기업이 인식하는 경기를 보여주는 지표로, 설문에서 부정적이라고 응답한 업체가 긍정적이라고 답한 업체보다 많으면 지수가 100을 밑돈다.

'물량' 아니라 '단가' 회복이 관건

전문가들이 수출 회복의 가능성을 점치는 가장 큰 이유는 수출 물량 확대가 아니라 수출 품목의 단가 회복에 대한 기대 때문이다. 2019년에도 수출금액

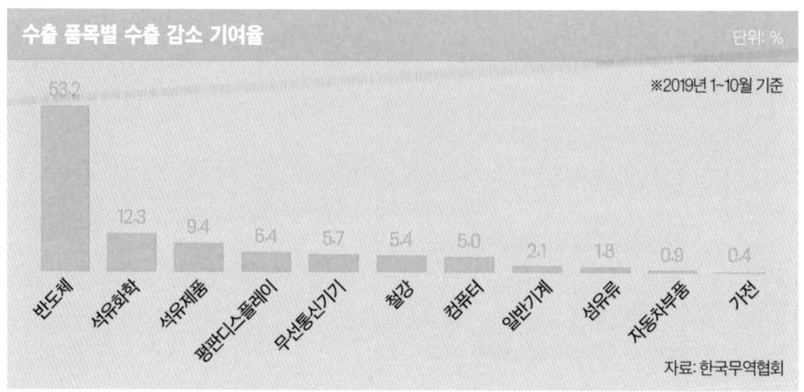

감소는 수출 물량이 줄어들었기 때문이 아니라 수출 단가가 크게 떨어졌기 때문에 발생했다. 사실 2019년에도 수출 물량 자체는 2018년보다 늘어났다. 2019년 1~11월 누적 수출 물량은 전체 품목에서 전년 대비 0.3% 증가한 것으로 나타났다. 주요 수출 20개 품목 중 13개 품목에서 수출물량이 늘었다. 그럼에도 우리나라 최대 수출품목인 반도체 가격이 급락하고 유가 하락으로 석유화학제품의 가격도 떨어지며 수출금액이 크게 감소한 것이다. 2019년 1~9월 반도체와 석유화학, 석유제품이 총 수출감소의 75.6%를 차지할 정도였다.

글로벌 시장조사기관들은 대부분 2020년 반도체 시장 단가가 전년 대비 회복할 것으로 전망하고 있다. 2020년 8월을 기준으로 전년 동월 대비 전체 반도체 가격이 7.2%, 메모리반도체가 12.8% 오를 것으로 전망한다. 최근 글로벌 데이터센터 투자가 일부 재개되는 분위기이며, 5G 이동통신이 이끄는 모바일 수요와 중앙처리장치(CPU) 경쟁이 촉발하는 PC 수요 등 반도체 시장 전반에 수요 증가 분위기 형성되고 있다. 공급 주도권이 있는 삼성전자와 SK하이닉스는 2019년 공급을 보수적으로 운영해왔기 때문에 2020년 큰 폭의 공급

증가 가능성은 작다. 메모리 재고 또한 2019년 말 대부분 소진돼 2020년 2분기부터는 정상 재고 수준으로 복귀할 전망이다.

석유화학의 경우 2020년에도 저유가 기조가 지속될 것이란 전망이 많아 단가 개선에 따른 수출액 증대는 예상하기 어렵다. 미국 등 다른 나라의 대규모 신증설에 따른 공급 과잉으로 수출 경쟁마저 심화될 전망이다. 그럼에도 생산물량 증가와 수출선 다변화, 합성수지와 합성고무를 중심으로 소폭의 증가를 기대하는 시각도 있다. 이와 함께 1분기 인도선이 증가하는 선박과 SUV 신차가 예정된 자동차 분야에서도 약간의 수출 확대를 점친다. 다만 디스플레이와 무선통신 기기 등은 해외 생산 확대와 중국과의 경쟁 심화로 수출이 더 줄어들 전망이다. 철강 제품 역시 미국과 유럽연합(EU) 등의 수입 규제가 지속되고 중국과 인도의 수출 증가로 경쟁이 심화할 것으로 점쳐졌다.

2019년 수출은 그야말로 암울했지만 전기차, 2차전지, 바이오헬스 등 차세대 성장동력 품목의 수출이 늘어난 점은 그나마 희망적으로 바라볼 수 있다. 2019년 1~10월 전기차 수출은 전년 동기 대비 103.3% 늘었고, 세계 전기차 수요가 늘어나며 2차전지 판매량도 4.6% 증가한 62억 달러를 기록했다. 바이오헬스 분야는 중국·아세안 시장에서 신약 출시가 이어지고 한류·K뷰티의 영향으로 치과용 임플란트 등 의료기기 수출이 같은 기

세계 주요국의 수출동향

순위	국가	수출액(달러)	전년 동기 대비 증감률(%)
1	중국	1조6070억	0.4
2	미국	1조957억	-0.9
3	독일	9960억	-5.7
4	일본	4662억	-4.9
5	네덜란드	4660억	-2.7
6	프랑스	3804억	-1.5
7	한국	3614억	-9.6
8	이탈리아	3527억	-3.6
9	홍콩	3467억	-7.0
10	영국	3081억	06.1

※2019년 1~8월 기준 자료: WTO

간 8.5% 증가했다. 차세대 성장동력 품목은 2020년에도 다소간의 성장이 예상되지만 전체 수출금액에서 차지하는 비중이 아직 미미해 수출 증대에 큰 역할을 하기는 어렵다.

여전히 중요한 대중 수출

2020년에도 다수의 대외 하방위험이 상존하고 있다. 미국과 중국이 1단계 무역협상 합의에 도달했지만, 불확실성을 해소하기엔 갈 길이 멀다. 미국의 자동차 고율 관세 부과 가능성, 선진국 통화긴축에 따른 영향 등도 수출 회복을 제한할 가능성이 크다. 한국개발연구원(KDI)은 미중 무역분쟁뿐 아니라 브렉시트(영국의 유럽연합 탈퇴)와 중동지역의 지정학적 긴장 등 대외 하방위험 일부가 확대될 경우 우리 경제의 회복세가 둔화될 것이라고 분석했다. 특히 우리나라 수출의 27%를 차지하는 중국에 대한 수출 회복은 2020년 한국 수출 성과를 좌우할 중요한 요인이다. 한국무역협회의 분석에 따르면 2019년 1~10월 중 대중국 수출 감소폭은 2018년 같은 기간 대비 18.0%에 달하는 것으로 나타났다. 대홍콩 수출을 제외하고는 가장 큰 낙폭이다. 같은 기간 전체 수출 감소율(-10.4%)에서 대중 수출 감소가 미친 기여도는 절반가량인 -46.9%에 달하는 것으로 나타났다. 장기적으로 대중국 수출의 비중을 낮춰가야 하지만 현재로선 대중 수출의 급감은 한국 경제에 미치는 영향이 과도하다.

이런 관점에서 최근 중국에 대한 수출 감소율이 낮아지고 있는 것은 긍정적이다. 산업부에 따르면 2019년 11월 전년 대비 중국 수출 감소율은 2019년 4월(-4.6%) 이후 가장 낮은 -12.2% 수준으로 개선됐다. 하지만 미중 무역갈등이 다시 심화될 경우 대중 수출에 다시 빨간불이 켜질 가능성은 열려있다. 중

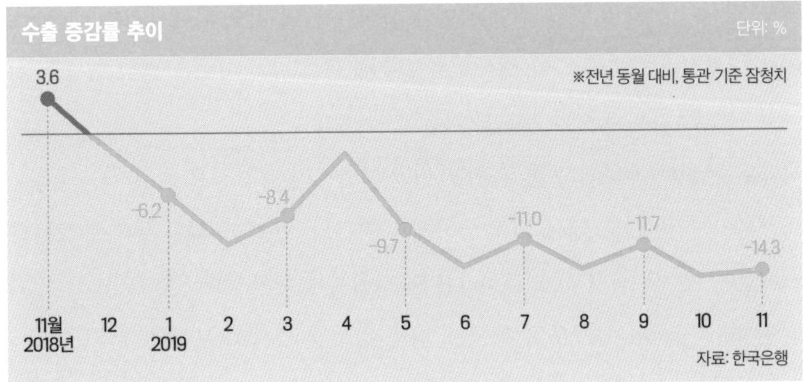

국 경제 성장이 더뎌지고 있으며 내수 시장 부진이 이어지고 있다는 것도 대중수출 확대를 기대하기 어렵게 만든다. 중국의 경제성장률은 2018년 1분기 6.5%에서 2019년 3분기 6.0%로 지속 감소하고 있다.

변화하는 무역환경 리스크 대응 중요성 커져

중국 뿐 아니라 전반적인 아시아 경제의 불확실성이 커진 점도 리스크다. 한국의 대아시아 수출 비중은 2019년 1~9월 기준 60.7%에 달한다. 현대경제연구원은 아시아 성장경로에 문제가 발생할 경우 한국의 수출경기는 물론 경제 성장 자체가 심각한 위협을 받을 가능성이 있다고 전망했다. 한국은 중국 수출이 부진한 상황에서 인도·아세안 등 신남방 지역과 독립국가연합(CIS) 등 신북방 지역에서 수출 증가를 기대하고 있지만 이마저도 쉽지 않다. 대미 수출이 감소한 중국이 아세안 시장에 대한 수출을 늘림에 따라 2019년 1~10월 한국의 대아세안 수출은 2.8% 감소했다.

대미 수출은 우호적인 환율 상황(달러 강세)이 이어질 전망이다. 하지만 미국 경제가 점차 완만한 둔화 국면에 들어가게 될 것으로 예상되는 데다, 트럼프 대통령이 중국에 대한 대응으로 연준에 금리 인하 압력을 넣고 있다는 점에서 달러화 강세 속도가 늦춰질 가능성도 있다.

수출 회복에 나서는 한국의 2020년은 글로벌 통상질서의 위기를 극복해야 하는 시기이기도 해서 더 엄중하게 다가온다. 25년간 세계 무역질서로 자리매김한 세계무역기구(WTO) 다자무역체제에 대한 위기론이 커지고 있기 때문이다. 각국의 보호무역 조치는 더욱 강화될 것으로 보인다. 특히 미국·인도·중국 등 우리 주요 수출시장의 보호무역조치는 수위와 강도가 확대·강화될 전망이다. 이런 상황에서 정부는 WTO 체제 재건과 새로운 자유무역협정(FTA) 전략으로 대외 통상환경을 좀 더 적극적으로

성윤모 산업통상자원부 장관이 11월 5일 오후 서울 종로구 한국무역보험공사에서 RCEP신남방 FTA 산·관·학 간담회를 주재하고 있다.

연합뉴스

관리해야 한국의 수출동력을 다시 강화할 수 있다.

WTO 체제의 위기 속에 각국은 지역무역협정과 분야별 복수국 간 협정 등으로 복잡한 무역질서를 새로 만들어가고 있다. 2019년 1월 미국을 제외하고 일본 등 11개국 간 포괄적·점진적 환태평양경제동반자협정(CPTPP)이 발효됐고, 11월에는 중국이 포함된 동아시아 국가 간 역내포괄적경제동반자협정(RCEP)도 협정문 타결이 선언됐다. 한국은 현재 RCEP 최종 타결을 위한 국가 간 막판 조율을 진행 중이다. 필리핀·말레이시아·메르코수르 등과의 FTA도 2020년 중 타결이 예상된다. 2019년 11월 28일 서울에서 열린 한·중·일 FTA 16차 협상에서 3국 대표는 RCEP보다 높은 수준의 한·중·일 FTA의 필요성에 대해 공감대를 형성하기도 했다. 한층 복잡해진 통상환경 속에서 한국 정부가 얼마나 슬기롭게 대처할지 귀추가 주목된다. 大예측

가계부채 뇌관 터질까?

백우진 글쟁이주식회사 대표

"남들이 하는 대로 했다가 실패하는 것이 튀는 방식으로 성공하는 것보다 명성을 유지하는 데는 더 낫다." 경제학자 존 메이너드 케인스가 〈고용, 이자, 화폐의 일반이론〉 12장 '장기 예상의 상태'에서 한 말이다. 이 말은 "가만히 있으면 중간은 간다(그러니 가만히 있으라)" "모난 돌이 정 맞는다(그러니 모나게 굴지 말라)" 등의 한국 속담과 일맥상통한다.

선택하거나 행동할 때 다른 사람들을 따라 하면 무난하다. 상황이 잘 풀리면 다들 좋은 평가를 받는다. 결과가 나쁘더라도 다같이 틀리거나 실패한 것이라서 심한 질책이 떨어지지는 않는다. 반대로 남과 다르게 주장하거나 행동했다가 결과가 안 좋게 나오면 평판이 추락한다. 그렇게 떨어진 평판은 만회하기 어렵다. 물론 남과 다르게 주장하거나 행동해 출중한 성과를 낼 수도 있다. 그

© gettyimagesbank

러나 사람은 사회적인 동물이고, 그 특성은 군집행동으로도 나타난다. 대다수 사람들의 무리에서 벗어나 다른 곳으로 가서 머무는 데에는 큰 용기와 실행력이 필요하다. 이는 '대세'가 형성된 사안에서 대세를 거스르는 사람이 나오지 않거나 극소수에 불과한 까닭이다.

군집행동에 대한 연구는 행태경제학의 한 갈래로 이뤄지고 있다. 합리적인 경제주체를 가정한 경제학에서 인간 행동의 비합리적인 양태를 연구한 행태경제학은 이단아였다. 그러나 행태경제학은 높은 현상 설명력을 바탕으로 경제학계에서 입지를 확보했다. 경제학에 심리학을 도입한 대닝러 카너먼 교수가 2002년 노벨 경제학상을 받은 데 이어 〈넛지〉로 대중과 소통한 리처드 세일러 교수가 2017년 같은 상을 수상했다.

경제 이슈, 그중에서 가계부채 문제를 분석하고 전망하는 글에 웬 행태경제학이며 군집행동론인가? 전망과 군집행동은 떼어놓을 수 없다. 가계부채 문제에 대해 형성된 절대 다수의 의견은 위험하다는 것이다. 더욱이 이 '절대 다수설'은 오래 전부터 축적되어 단단해졌다. 이는 가계부채가 위험하지 않다며 대다수와 반대로 주장하기 어려워진 배경이다.

시스템 리스크로 확산될 가능성 작아

반대 주장을 내는 사람이 나오지 않는 데에는 다른 이유도 있다. 위험을 경고하는 편이 위험하지 않다고 주장하는 편에 비해 안전하다는 것이다. 경고한 위험이 조금이라도 실현되면 제 역할을 했다고 인정을 받는다. 위험이 현실로 나타나지 않으면 "위험을 경고해 관계 당국과 경제주체들이 대비하도록 한 덕분"이라고 생색을 낼 수 있다. 반면 위험하지 않다고 주장한 사람은 상황이 악화된 경우 비난의 화살을 한 몸에 받는다. 이 또한 전망과 관련한 행태경제학적인 설명이다.

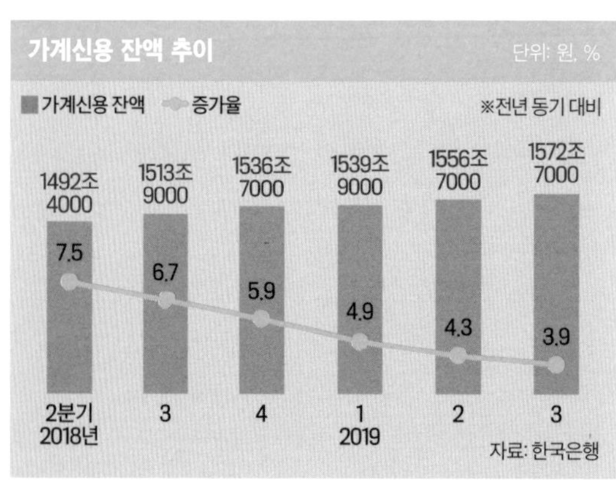

필마단기. 필자는 다년간 거시경제 차원에서 가계부채의 위험이 아주 낮다고 분석해왔다. 나는 이 전망을 2016년 11월 칼럼 '가계부채 시한폭탄은 불발탄'을 쓴 이래 일관

되게 유지해왔다. 2017년과 2018년, 2019년 이코노미스트 신년 경제예측 기획에서도 같은 주장을 내놓고 다각도로 뒷받침했다. 이 이슈를 분석한 사람들이 보인 군집행동을의 쏠림 정도가 심했다고 할지라도, 4년 가까운 시일 동안 내가 반대 의견을 낸 유일한 사람이라는 사실은 머쓱한 일이었다.

천군만마. 이런 상황에서 가계부채가 위험하지 않다는 의견이 나왔다. 현재 기획재정부 1차관인 김용범 금융위원회 부위원장이 나섰다. 김 부위원장은 2019년 4월 '가계부채 관리점검 회의'를 주재하고 "가계부채 증가세 둔화 등을 고려할 때, 가계부채가 시스템 리스크로 확산될 가능성은 크지 않다"고 진단했다. 이어 "금리 상승에 대한 시장의 기대가 낮아지면서 금리 요인에 따른 가계부채 부실화 위험도 다소 줄어든 것으로 판단된다"고 언급했다.

이 분석은 의미가 크다. 가계부채의 위험을 낮추는 책무를 부여받은 공직자가 내놓은 판단이다. 또 일회성이 아니라 오랜 시일 동안 체계적으로 지켜보고 내린 진단이다. 김 부위원장은 앞서 2018년 10월 한국은행의 가계부채 분석 자료에 대해 "가계부채에 대한 이런 차분한 분석이 나오다니 오랫동안 이 정책의 한 자락을 담당해온 사람으로서 감회가 새롭다"고 말했다.

양은 늘었지만 질은 개선돼

한은이 분석한 가계부채 자료는 '가계부채 DB의 이해와 활용'이다. 이 자료는 한은의 조사통계월보(2018년 9월)에 실렸다. 이 보고서를 보면 가계부채는 늘었지만 그 질은 개선됐다. 우선 가계부채 연체율은 2010년 말 3%대에서 2018년 1분기 말 1.37%로 큰 폭 떨어졌다. 이는 미국의 4%대에 비해 크게 낮은 수준이다.

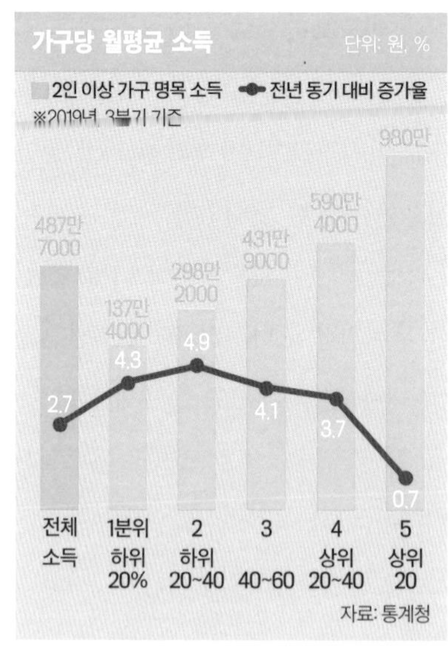

고신용자(1~3등급)에 대한 대출 비중은 2012년 1분기 39%에서 2018년 1분기 57%로 높아졌다(차주 수 기준). 금액을 기준으로 보면 고신용자가 69.1%로 저신용자(7~10등급) 6.2%보다 훨씬 컸다. 소득구간별 분포를 보면, '연간소득 5000만원 이상~8000만원 미만' 대출자 비중은 같은 기간 26%에서 30%로 확대됐다. 또 은행 주택담보대출 가운데 분할상환 대출 금액의 비중은 66%에서 82%로, 대출자 수 기준으로는 65%에서 81%로 개선됐다.

지금도 이 자료의 종합적인 판단은 유효하다. 한은의 금융안정보고서 최근 호(2019년 6월)를 보자. 우선 연체율이다. 이 보고서는 연체율을 은행 가계대출과 비은행금융기관 가계대출로 나눠서 집계했다. 2019년 1분기 말 은행 가계대출 연체율은 0.29%, 비은행금융기관의 가계대출 연체율은 1.83%였다. 이 연체율은 예년(2010~17년) 평균인 은행 0.55%, 비은행 2.96%에 비해 현저히 낮은 수준이다.

고신용자 대출은 어떻게 달라졌나. 금액 기준 고신용자 대출 비중은 2018년 1분기 말 69.1%에서 2019년 1분기 말 72.6%로 높아졌다. 저신용자 대출 비중은 같은 기간에 6.2%에서 5.7%로 낮아졌다.

2018년 말 주택담보대출 중 비거치분할상환 대출 금액의 비중은 51.6%로 전년 말에 비해 1.8%포인트 높아졌다(이 수치는 '가계부채 DB의 이해와 활용'의 수치와 기준이 다르다. DB 자료는 '분할상환'인데 비해 이 수치는 '비거치분할상환'으로 범위가 좁혀졌다. 그래서 DB 자료에 비해 비중이 낮아졌다). 한편 고정금리 대출 비중은 같은 기간 45.0%로 0.5%포인트 확대됐다.

다음과 같은 반문이 가능하다. "가계부채의 시스템 리스크가 2016년 이후 위험 수위가 계속 낮았다면 당신 말이 맞지만, 그게 아니라 정책 당국이 거듭 옥죄였기 때문에 점차 제거된 것 아닌가?" 이런 의문을 해소하는 대목이 가계부채 연체율이 하락하는 추세를 보인 시기다. 연체율은 가계부채의 질을 종합적·결과적으로 나타내는 지표다. DB 자료에 따르면 가계부채 연체율은 2013년 이후 추세적으로 떨어졌다. 국내은행의 원화 가계대출 연체율은 2018년 1분기 말 0.25%로 집계됐다. 이 연체율은 2016년 말과 2017년 말에도 0.2%대로 매우 낮게 유지됐다.

한은은 같은 자료에서 가계대출 연체율이 낮게 유지돼온 요인으로 주택담보대출비율(LTV)과 신용도 높은 차주 중심 대출을 들었다. 한은은 "주택담보대출이 확대된 2014~17년에 LTV는 지역, 금융업권에 따라 차이가 있으나 대체로 40~70% 규제를 받고 있었다"고 설명했다. LTV는 국내에서 2000년대 초에 도입·시행돼왔다.

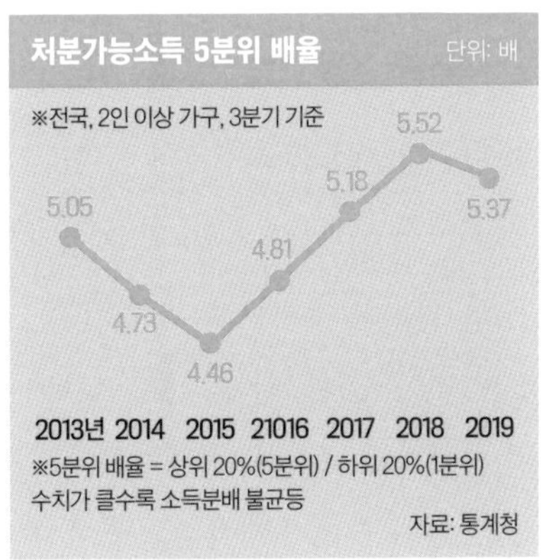

지금까지 군집행동 측면에서 가계부채가 위험한 상태가 아니라는 견해가 소수에 그치는 배경을 살펴본

후 가계부채가 건전한 상태임을 한은 보고서 두 건으로 뒷받침했다. 아울러 가계부채의 건전성이 높아진 것은 정책 대응의 효과가 나타난 최근 현상이 아니라 이르면 2013년, 늦어도 2017년의 정책 대응의 결과임을 보여줬다.

이제 가계부채에 대한 제대로 된 분석을 가르는 기준을 제시하고 정공법으로 분석해본다. 가계부채 위험을 거론하는 것은 거시경제 위험 때문이다. 많은 사람이 빚을 갚지 못해 경제활동을 하지 못하게 되는 상황은 사회·경제적으로 바람직하지 않고 예방하거나 구제해야 한다. 그러나 가계부채가 한국 경제의 뇌관이라거나 시한폭탄이라고 주장할 때에는 시스템 리스크 측면에서 가계부채를 다루는 것이다. 따라서 가계부채가 위험하다고 주장하면서 '시스템 리스크'라는 키워드조차 거론하지 않는다면 그 진단은 근거가 없는 것이다. 앞서 내가 인용한 김용범 부위원장의 진단에 이 키워드가 들어 있었음을 상기시켜드린다.

가계부채 시스템 리스크의 핵심은 집값

시스템 리스크란 무엇인가. 시스템 리스크는 개별 금융회사가 부실해지는 데서 그치지 않고 금융시스템 전체가 부실해지는 위험을 뜻한다. 가계부채가 도화선이 된 시스템 리스크의 시나리오는 다음과 같다. 금리가 오르면 빚을 갚지 못하는 가구가 증가한다. 한편 주택가격이 내리면 금융회사는 주택담보대출금액 중 한도를 초과하게 된 금액을 회수하려 한다. 이 초과대출금을 갚을 여윳돈이 없는 한계가구는 집을 팔아야 한다. 한계가구가 많아져 주택 매물이 대거 쏟아지면 집값이 더 하락한다. 집을 팔아도 빚을 갚지 못하는 가구가 속출한다. 집이 팔리지 않아 원리금을 연체하는 경우도 증가한다. 대규모 부실채권

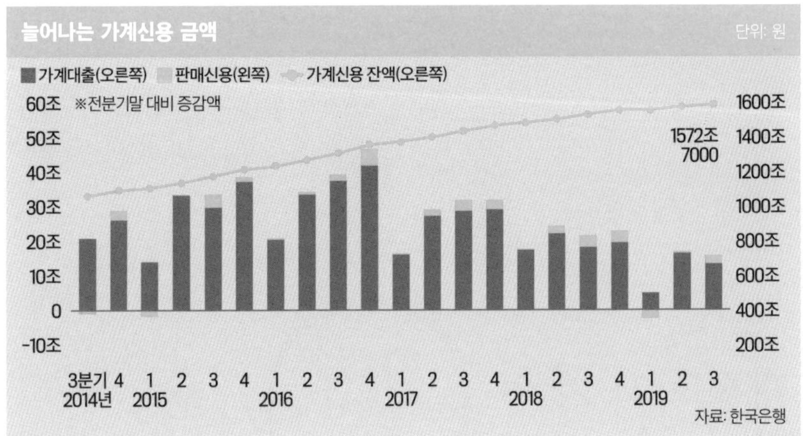

을 안게 된 금융회사들은 재무건전성을 지키기 위해 대출을 줄인다. 신용경색이 빚어진다. 돈줄이 말라 기업 경영이 애로에 빠진다. 가구는 씀씀이를 줄인다. 경제가 침체에 빠진다.

가계부채 시스템 리스크의 핵심은 주택 가격이다. 왜냐하면 가계부채의 절반가량이 주택담보대출이기 때문이다. 다른 가계대출은 종류가 특정되지 않고 가계대출 부실화의 원인을 특정할 수 없으며, 따라서 분석 대상이 되기 어렵다.

이 시나리오는 현실이 될 가능성이 매우 작다. 우선 주택가격이 전반적으로 하락할 가능성이 작다. 일부 지역의 아파트 가격이 떨어질 수는 있지만, 그 충격은 고액 자산가 위주로 제한되고 그들은 대개 가격 하락을 감당할 여력이 있다. 설령 집값이 떨어지더라도 오래 전 설치된 LTV 안전판이 제 역할을 한다. 집값이 하락해도 주택담보대출금액 중 한도를 초과하게 된 금액이 발생하지 않는다는 말이다. 大예측

재정적자 계속 쌓이나?

Yes
90%

조영무 LG경제연구원 연구위원

최근 우리 경제의 성장률 지표는 많은 우려를 사고 있다. 전 분기 대비 성장률 기준으로 2019년 1분기에는 -0.4%로 역성장을 기록했고, 2분기에는 1%로 다소 높아지는 듯하더니, 3분기에 0.4%로 성장세가 다시 둔화했기 때문이다. 그 결과, 4분기에 성장세가 크게 높아지지 못한다면 2019년 경제성장률이 2%에도 미치지 못할 수 있다는 불안감이 커졌다.

부진한 성장세보다 더 우려되는 대목은 그 내용이다. 성장률 자체도 낮지만, 민간 부문의 경제활동이 매우 부진한 가운데 정부 부문에 기대어 그나마 성장률을 유지하는 양상이 점점 심화하고 있기 때문이다. 2019년 3분기에 전년 동기 대비 성장률은 2%에 그쳤다. 여기서 특히 주목할 부분은 민간과 정부의 '성장 기여도'다. 민간의 성장 기여도는 0.3%포인트, 정부의 성장 기여도는

중앙포토

홍남기 경제부총리 겸 기획재정부 장관은 "확장 재정 기조에 따라 단기적으로 통합재정수지와 관리재정수지의 적자 폭이 커지는 것은 불가피하다"고 말했다.

1.6%포인트로 우리 경제 성장의 4분의 3 이상이 정부 부문에 기인한 것으로 나타났기 때문이다. 2017년만 하더라도 민간의 성장 기여도가 2%포인트대를 넘고, 정부의 성장 기여도가 1%포인트에도 미치지 못했다. 민간이 아닌 정부의 경제활동에 의존한 성장이 짧은 기간에 매우 심화했음을 알 수 있다.

빠르게 늘어나는 정부 지출

가계의 소비, 기업의 투자와 수출 등 민간 부문의 경제활동이 부진한 상황에서 경기 급락을 막아야 하는 정부는 지출을 빠르게 늘리고 있다. 2019년 1월부터

우리나라의 최근 경제성장률과 민간 및 정부의 성장 기여도 추이 단위: %

	2017년				2018년				2019년		
	1분기	2분기	3분기	4분기	1분기	2분기	3분기	4분기	1분기	2분기	3분기
경제성장률(%, 전년동기대비)	3.1	2.8	3.9	2.8	2.8	2.9	2.1	2.9	1.7	2.0	2.0
민간의 성장 기여도(%p)	2.5	2.2	3.2	2.3	1.9	2.0	1.7	1.6	0.9	0.2	0.3
정부의 성장 기여도(%p)	0.4	0.7	0.9	0.8	0.9	0.9	0.5	1.4	0.9	1.8	1.6

※2015년 연쇄가격 기준, 원계열 자료:기획재정부

9월까지 정부의 총지출은 386조원으로, 2018년도 같은 기간의 총지출 345조 2000억원에 비해 40조9000억원 늘어났다. 증가액 규모가 이전 총지출액 규모의 12%에 육박한다. 앞서 언급한 우리 경제의 낮은 경제성장률 수준과 비교하면 우리 경제의 성장 속도보다 정부 지출이 얼마나 빠르게 늘고 있는가를 알 수 있다.

여기에는 정부 지출이 '늘어난' 효과와 함께 '미리 당겨 쓴' 효과도 포함되어 있다. 연초부터 경기가 좋지 않다 보니 경기 급락을 막기 위해 그 해 쓸 수 있는 전체 예산을 1년 내내 균등하게 나누어 쓰는 것이 아니라 '빨리빨리' 또는 '미리' 쓰는 것인데, '재정 조기 집행'이라고도 부른다. 그 속도를 나타내는 지표가 '진도율'인데, 1년 동안 쓸 수 있는 정부 예산 중에서 특정 시점까지 얼마 만큼 썼는가를 나타내는 수치이다. 2019년 9월 기준 진도율은 81.2%다. 2018년 9월 기준 진도율(79.8%)보다 1.4%포인트 높아진 것으로 나타났다. 9월이면 3분기의 마지막 달로, 1년의 4분의 3이 지난 시점이므로, 재정을 균등하게 나누어 썼다면 진도율은 75% 정도라야 적당하지만 실제로는 81.2%나 썼다는 의미다.

이렇게 정부 지출을 미리 당겨썼는 데도 앞서 언급한 바와 같이 우리 경제성장률은 그다지 높아지지 않았다. 더욱 우려되는 점은 2019년이 25% 남은 상황에서 정부가 쓸 수 있는 돈은 1년 예산의 20%에도 못 미친다는 점이다. 이는 최근 거의 매년 반복되고 있는 재정 조기 집행의 부작용이라고 할 수 있다. 그 해의 뒤로 갈수록 경기가 여전히 부진한 상황에서 정부 재정 지출 여력이 도리어 줄어드는 상황을 초래하기 때문이다. 한해 동안 정부가 쓸 수 있는 예산 규모는 전년도에 국회 동의를 거쳐 확정돼 있고, 추경도 이미 집행한 상황에서 정부 지출 규모를 늘릴 여지는 거의 없다. 그렇다 보니 4분기에 정부 재정 지출을 늘리는 방편으로 그 해에 써야 할 돈을 못 쓰고 다음 해로 넘기는 불용예산을 줄이는 식으로 쓸 수 있는 한도 안에서 재정 지출을 늘리는 방안이 언급되는 것이다. 결국 추가경정예산과 같이 정부 재정 지출

국내 항구 물동량은 예년과 비슷하거나 약간 늘었지만 반도체 등 항공으로 수출되는 품목의 수출 감소가 두드러져 전체 수출이 감소하고 있다.

중앙포토

규모 자체를 늘리는 변화가 아니라 이미 정해진 재정 지출을 미리 쓰는 방식으로 대응할 때에는 빠르게 경기 활력을 끌어올릴 수 있는지가 매우 중요함을 시사한다.

늘어나는 정부 지출, 주춤한 정부 세수

정부가 어디에 돈을 쓰고 있는가도 중요하다. 2019년 9월까지 누계 기준으로 263조2000억원이 지출돼 정부 총지출의 68%가 나간 항목은 '이전지출'이다. 저소득층 지원, 근로장려 등 다양한 목적에 따라 민간 부문으로 이전된 소득이다. 이전지출 역시 큰 폭으로 증가해 전년 동기 대비 29조1000억원 늘어났다. 재정 지출에서 공공복지 및 소득분배 강화가 커다란 정책 방향임을 고려하면 정부 총지출 중 이전지출 항목은 앞으로도 계속 늘어날 가능성이 크다. 실제로 2019년 3분기 가계소득을 살펴보면, 전체소득이 전년 동기 대비 2.7% 증가하는 가운데 정부로부터의 이전소득은 8.6% 증가해 근로소득 증가율 4.8%, 사업소득 증가율 -4.9%, 재산소득 증가율 -2.5% 대비 가장 높은 증가율을 나타냈다.

정부 총지출 구성 단위: 원, %

	금액	비중	전년 동기 대비 증감액
총지출액	386조	100	40조9000억
인건비	29조8000억	8	1조2000억
이전지출	263조2000억	68	29조1000억
자산취득	54조2000억	14	6조2000억
물건비	16조8000억	4	6000억
기타	11조5000억	3	-5000억
세입세출외	10조6000억	3	4조3000억

※2019년 1월부터 9월까지 누계 기준 자료: 기획재정부

문제는 앞서 살펴본 바와 같이 우리 경기 흐름으로는 정부 재정 지출의 중요성이 점점 더 커지고 실제로 정부 지출 규모가 빠르게 늘어나고 있음에도 정부의 수입에 해당하는 세수는 주춤하고 있다는 점이다. 2019년 1월부터 9월까지 정부의 총

수입은 359조5000억원으로, 전년 동기 대비 3000억원 늘어나는 데 그쳤다〈표3 참조〉. 같은 기간 정부의 총지출이 전년 동기 대비 40조 9000억원 늘어났던 것과 비교하면 지난해 대비 '쓰는 돈'은 많이 늘어났지만 '버는 돈'은 거의 늘어나지 않은 셈이다.

정부 총수입 구성 단위: 원, %

	금액	비중	전년 동기 대비 증감액
총지출액	359조5000억	100	3000억
국세수입	228조1000억	63	-5조6000억
(소득세)	60조7000억	17	-2조4000억
(법인세)	65조8000억	18	6000억
(부가가치세)	52조	14	-4000억
세외수입	18조7000억	5	-7000억
기금수입	112조7000억	31	6조6000억
(사회보장성기금)	67조5000억	19	4조4000억

※2019년 1월부터 9월까지 누계 기준 자료: 기획재정부

최근 정부의 총수입은 과거에 비해서도 부진하다. 2018년에 추경까지 고려한 정부 예산상의 총수입 계획은 447조7000억원이었지만, 결산상 정부의 실제 총수입은 465조3000억원으로서 애초 계획보다 정부 총수입이 훨씬 많았다. 그 결과 2018년 9월까지 정부 예산상 총수입 계획 대비 실제로 들어온 정부 총수입액의 비율인 세수 진도율은 80.2%에 달했다. 1년의 75%가 지난 시점에서 당초 계획했던 정부 총수입 계획의 80%가 넘은 돈이 걷혔던 셈이다. 반면 2019년에는 9월까지의 세수 진도율은 75.5%로서 정부 총수입 계획에 해당하는 돈 정도만이 걷힌 셈이다.

정부 총수입의 구성 내역을 더 자세히 들여다보면 상황은 더욱 우려스럽다. 전년 동기 대비 소폭이나마 정부 총수입이 늘어난 것은 국민연금, 사학연금, 고용보험, 산재기금 등 사회보장성기금 관련 수입이 전년 동기 대비 더 많이 걷혔기 때문이고, 실제 정부의 국세 수입은 전년 동기 대비 큰 폭으로 줄어

들었기 때문이다. 2019년 1월부터 9월까지 정부의 기금수입은 112조7000억원으로서, 전년 동기 대비 3조3000억원 늘어났지만, 국세 수입은 228조1000억원으로서, 전년 동기 대비 5조6000억원이 감소했다. 특히 소득세는 전년 동기 대비 2조4000억원 덜 걷혔고, 법인세도 6000억원 증가에 그쳤다.

2018년까지 수년간 정부는 예상을 상회하는 세수 호조세를 누렸는데, 이는 부동산 경기 활성화와 반도체 수퍼사이클에 힘입은 기업 이익 증가에 힘입은 바 크다. 부동산 가격이 오른 상황에서 부동산 거래가 늘면서 양도소득세 등 소득세가 더 많이 걷혔고, 기업이익이 늘면서 법인세와 개인소득세가 더 많이 걷혔기 때문이다.

서울 등 일부 지역은 여전히 부동산 가격이 오르고 거래도 이뤄지고 있지만, 지방 등 광범위한 지역에서 부동산 경기가 위축돼 있다. 반도체 업황의 개선 시기가 지연되는 가운데 2019년 들어 기업 이익이 큰 폭으로 줄어들었다. 그 결과 소득세와 법인세를 중심으로 정부의 세수가 더욱 위축될 가능성이 크다. 2019년 소득세가 감소세를 나타낸 것은 이미 그런 흐름을 반영한 것으로 보인다. 2019년 법인세는 2018년 기업 실적에 기반을 둬 부과된 때문에 감소세로까지 돌아서지 않았지만 2019년 기업 이익이 줄어든 점을 감안하면 2020년 법인세는 전년 대비 크게 위축될 가능성이 크다.

기금 적립 제외하면 재정적자 폭 확대

이런 변화를 반영해 정부 총수입에서 총지출을 차감한 '통합재정수지'는 2019년 1월부터 9월까지 26조5000억원 적자를 기록했다. 직전 연도인 2018년 1월부터 9월까지 통합재정수지가 14조원 흑자를 기록했던 것과 비교하면 흑자에

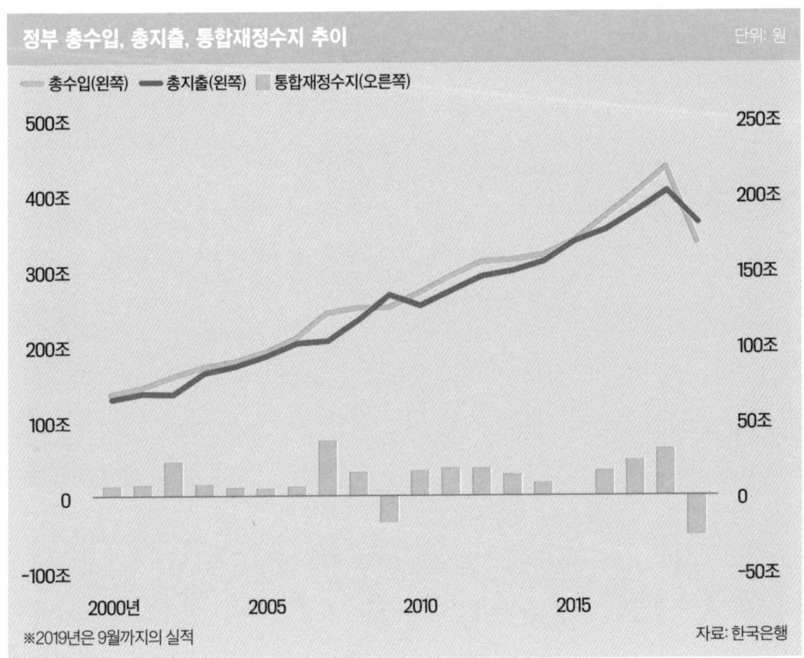

서 적자로 전환된 것이다.

그러나 통합재정수지 흐름으로는 각 연도의 재정활동을 정확히 판단하기 어려울 수 있다. 통합재정수지 안에는 국민연금기금, 사립학교교직원연금기금, 고용보험기금, 산업재해보상보험 및 예방기금 등 사회보장성 기금의 수지가 포함돼 있기 때문이다. 이런 사회보장성 기금과 관련된 수입은 장기적인 미래의 기금 지출을 위한 적립액 성격으로서 당해 연도의 재정활동 결과로 보기 곤란하다. 특히 기금의 성숙도에 따라 적립기에는 대규모 흑자가 발생하고 지급기에는 대규모 적자가 발생하는 특성이 있다. 통합재정수지에서 이런 '사회보장성기금수지'를 제외한 것을 '관리재정수지'라 한다.

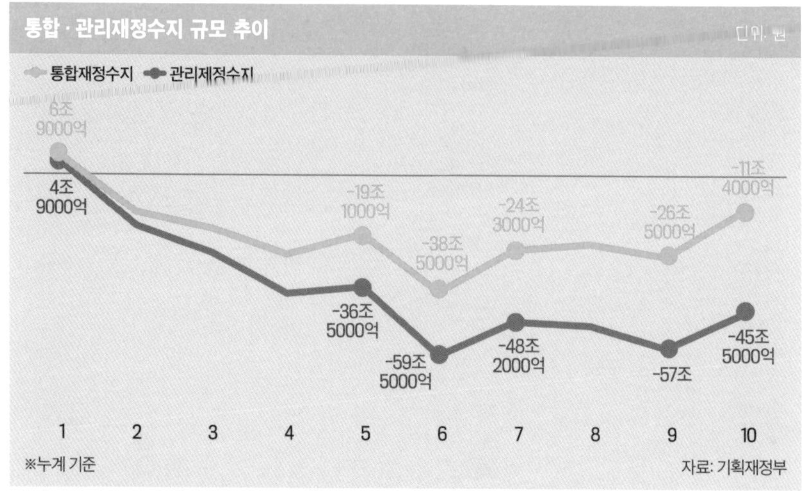

2018년의 경우 1월부터 9월까지 누계 기준으로 통합재정수지상으로는 14조원 흑자였지만 31조3000억원 흑자였던 사회보장성기금수지를 제외하면 관리재정수지상으로는 17조3000억원 적자였다. 2019년의 경우는 재정 적자 상황이 더욱 심각하다. 1월부터 9월까지 누계 기준으로 30조5000억원 흑자인 사회보장성기금수지를 제외하면 관리재정수지상 적자 규모는 57조원에 달한다.

재정 적자 확대에 따른 국가 부채 증가

취약계층에 대한 이전지출을 늘리는 정부 정책이 이어지는 가운데 경기 부진에 확장적 재정 정책으로 대응할 필요성이 커진다면 정부 지출은 더욱 늘어날 것으로 예상한다. 이와 달리 경기 둔화, 기업 실적 악화, 부동산 경기 부진 등으로 정부의 세수는 쪼그라들 가능성이 크다. 그 결과는 2019년부터 흑자에서 적자로 돌아선 통합재정수지, 적자폭이 더욱 큰 관리재정수지 등 재정 적자가 더욱 심화하는 양상이 될 전망이다.

가장의 수입보다 지출이 많으면 돈을 빌려서 써야 하는 가계와 마찬가지로 정부 역시 수입보다 지출이 많고 쓸 돈이 부족하다면 적자 국채 발행 등으로 돈을 빌려야 한다. 이미 2019년부터 적자 국채 발행이 늘기 시작했으며 대규모 적자 국채 발행으로 채권시장에서 채권수익률이 상승하는 현상이 나타나기도 했다. 문제는 가계수지가 적자이고 빚이 많으면 그 가계의 신용등급이 낮아지는 것과 유사하게 한 나라 및 정부 역시 재정수지가 적자이고 정부부채가 많아지면 국가신용등급 악화 요인이 된다는 점이다.

2019년 9월 말 기준 우리나라 중앙정부 채무는 694조4000억원으로 700조원에 근접했다. 우리나라는 거시경제 안정성이 높음에도 여전히 국제금융시장에서는 신흥국 대접을 받고 있으며, 국제금융시장이 불안정해지면 취약 신흥국들과 유사한 대접을 받는 경우가 많다. 국제투자자들이 취약 신흥국 여부를 판단할 때 가장 중시하는 것이 쌍둥이 적자 여부, 즉 정부 재정수지와 대외거래 경상수지의 건전성 여부이다.

따라서 우리 경제의 안정적 성장을 위해서는 재정 건전성을 유지가 매우 중요하다. 특히 우리나라의 경우 중장기적으로 막대한 재정 지출이 소요되는 통일에도 대비해야 함을 고려하면 재정 건전성 유지는 아무리 강조해도 지나치지 않다. 大예측

CHAPTER 4
한국 산업은 어디로

- 메모리·낸드 가격 회복세 보일 듯
- 자동차는 역주행, 조선업은 순항 조짐
- 우여곡절에도 제약·바이오 성장세 이어갈 듯
- 전기차 배터리 시장 패권다툼 원년

한국 경제의 버팀목 반도체 산업은 2018년 수퍼 호황을 누렸지만 2019년에는 가격 하락으로 고전했다. 이에 따라 국내 수출도 휘청거렸다. 2020년에는 다를까. 메모리·낸드플래시 중심으로 반도체 산업이 회복세를 보일 것이란 전망이 지배적이다. 장기 불황에 고전하던 자동차와 조선의 운명은 엇갈릴 것으로 보인다. 조선업은 반등 추세지만 자동차는 힘겨운 상황을 맞을 전망이다. 말도 많고 탈도 많았던 제약·바이오와 배터리 산업은 성장세를 이어갈 것으로 보인다.

메모리·낸드 가격 회복세 보일 듯

이창균 기자

2018년 업황 호조로 기록적인 수출 달성에 성공했던 한국 반도체는 '차 올랐던 달이 기울듯' 2019년 깊은 침체 늪에 빠졌다. 산업통상자원부에 따르면 국내 반도체 수출액은 2019년 5월 전년 동기 대비 -30.5%를 기록한 후 11월까지 연속해서 30% 내외의 감소율을 보였다. 수출 선봉장인 반도체 부진에 국내 전체 수출 산업이 휘청거렸다. 2019년 12월 현재 연간 총 수출 예상액은 2018년보다 10% 넘게 감소한 5400억 달러다. 수출 감소율 두 자릿수를 기록할 경우 글로벌 금융위기 이듬해인 2009년 이후 10년 만의 일이 된다.

이미 1~11월 국내 전체 수출액에서 감소치의 절반 이상을 반도체가 차지했다. 이에 반도체 기업들은 힘든 한해를 보내야 했다. 2017~2018년 2년간 메모리·비(非)메모리 분야를 합친 종합 반도체 부문 세계 1위에 올랐던 삼성전

사진 삼성전자

중국 시안에 있는 삼성전자 낸드플래시 반도체 공장. 2020년 반도체 실적 개선으로 수출이 올해처럼 저조하지는 않을 전망이다.

자는 2019년 경쟁사인 미국의 인텔에 1위 자리를 내준 것으로 파악된다. 시장 조사 업체 IHS마킷에 따르면 삼성전자는 2019년 상반기 반도체 매출이 252억400만 달러로 전년 동기(378억4000만 달러) 대비 33.4% 감소했다. 인텔은 같은 기간 320억2700만 달러로 전년 동기(325억9500만 달러) 대비 감소폭이 1.7%에 머물면서 상대적으로 선방했다. 인텔은 중앙처리장치(CPU) 등 비메모리 부문 위주로 사업 포트폴리오를 갖추고 있는 반면 삼성전자는 D램과 낸드플래시 등 메모리 부문 중심의 포트폴리오를 구성하고 있다. 2019년은 세계 반도체 시장이 전반적으로 불황이었지만 그중에서도 메모리 쪽 침체가 더 심했다. SK하이닉스도 삼성전자처럼 메모리 반도체 중심의 포트폴리오를 갖추고 있어 타격이 컸다. 증권가는 SK하이닉스의 2019년 전체 매출이 26조7369억원, 영업이익이 2조9161억원으로 크게 쪼그라들었을 것으로 추산하고 있다.

삼성전자, 2019년 인텔에 세계 1위 내줘

2018년 매출은 40조4451억원, 영업이익은 20조8438억원이었다. 2018년이 '어닝 서프라이즈'의 해였음을 고려해도 영업이익은 불과 1년 사이 7분의 1 수준으로 급감한 것으로 추산되는 셈이다. 한국 반도체를 지탱하는 양대 기업이 주춤거리는 사이 인텔이 치고 올라왔다. 다른 시장 조사 업체 D램익스체인지에 따르면 인텔은 2019년 3분기 세계 낸드플래시 시장점유율이 10.9%로 SK하이닉스(9.6%)보다 앞선 5위에 오르는 등 메모리 부문에서도 한국을 위협 중이다.

2020년에는 어떨까. 반도체 산업이 회복세를 보이면서 국내 기업 실적도 반등할 것이라는 전망이 지배적이다. 문병기 한국무역협회 수석연구위원은 "반도체 단가 부진이 완화되면서 기업들도 실적 개선과 투자 확대 두 마리 토끼를 잡을 수 있을 것"으로 전망했다. 세계반도체무역통계기구(WSTS)는 2019년 4분기에 펴낸 시장 전망 보고서에서 2020년 세계 반도체 시장의 반등을 예상했다. 보고서에 따르면 2018년 13.7%였던 전년 대비 세계 반도체 시장 성장률은 2019년 -12.8%로 급락해 사실상 원상복구 수준까지 간 것으로 추산된다. 하지만 2020년 성장률은 5.9%로 다시 플러스 성장으로 돌아설 전망이다. 2018년 4688억 달러였던 세계 반도체 시장 매출이 2019년 4090억 달러로 급감했다가, 2020년 4330억 달러로 회복세를 보일 것이라는 계산이다.

특히 메모리 부문이 회복세를 보일 전망이다. WSTS는 2018년 27.4%였던 세계 메모리 반도체 시장 성장률(전년 대비)이 2019년 -33.0%로 떨어졌지만 2020년 4.1%로 회복될 것으로 보고 있다. IHS마킷은 2020년 세계 D램 수요가 1455억 기가비트(Gb)로 2019년(1207억 Gb)보다 20%가량 늘어날 것으로 관측했다. 인터넷 데이터센터 서버에 쓰이는 D램 수요 증가가 예상되는 것과 관련이 깊다. 2019년(330억 Gb)보다 31% 정도 늘어난 451억 Gb로 역대 최대치를 기록할 전망이다. 스마트폰 등 휴대전화에 들어가는 D램 예상 수요인 465억 Gb와 엇비슷한 수치다. 지금껏 D램을 가장 많이 사용하는 분야가 휴대전화였는데 그만큼 의존도가 높다는 한계도 있었다. 따라서 이 흐름은 장기적 관점에서 긍정적 신호로 읽힌다. 아마존 자회사인 아마존웹서비스, 마이크로소프트 자회사인 애저 등 세계 클라우드 기업이 사업 확장을 위해 2020년 서버 투자를 늘리기로 한 것과 연관된다.

낸드플래시도 가격 하락세가 2019년 하반기 들어 상반기보다 주춤해지면서 2020년 장밋빛 전망에 힘을 보태고 있다. 이승우 유진투자증권 연구원은 "메모리 반도체의 고정 거래 가격이 11월부터 안정세를 보였다"며 "4분기에 주요 기업들이 재고 부담이 완화된 상태로 2020년을 맞을 수 있게 돼 고무적"이라고 전했다. 움츠러들었다가 다시 선제 투자에 나선 기업들의 움직임에서도 이런 좋은 분위기가 감지

SK하이닉스의 국내 반도체 생산 라인.
사진 SK하이닉스

된다. 삼성전자는 2019년 4분기에 반도체 생산량 확대 등을 목표로 시설 투자에 약 12조원을 투입했다. 삼성전자 측은 "반도체 경기 상승 국면에서 중장기 수요에 부응하고자 메모리 인프라 투자를 확정했다"고 밝혔다. 물론 반도체뿐 아니라 디스플레이 등 다른 사업 분야 투자액도 포함된 수치이지만 경기 회복을 전망하기 힘든 경우 선제 투자도 어렵다는 점에서 긍정적 신호임에 분명하다. SK하이닉스도 데이터센터 운영 기업들을 겨냥한 저(低)전력 낸드플래시와 고성능 컴퓨터에 맞는 초고속 D램 개발 속도를 높이고 나섰다.

2019년을 옥죄었던 메모리 반도체 단가 하락세는 기본적으로 과잉 공급 현상에서 비롯됐다. 그러나 서버용 D램 수요 증가라는 호재, 여기에 5세대(5G) 이동통신 사업의 전 세계적 확장과 이로 인한 스마트폰용 제품 수요 반등이라는 호재까지 더해지면서 2020년에는 거꾸로 D램과 낸드플래시의 공급 부족까지 예상된다. 최도연 신한금융투자 연구원은 "D램 수요가 서버 수요 재개와 5G 스마트폰 판매 본격화로 빠르게 회복될 전망"이라며 "2020년 1분기 말 공급 부족에 진입하고, 2분기부터 가격 급등이 예상된다"고 분석했다. 그는 2020년 삼성전자 반도체 부문 매출이 81조5190억원으로 2019년 대

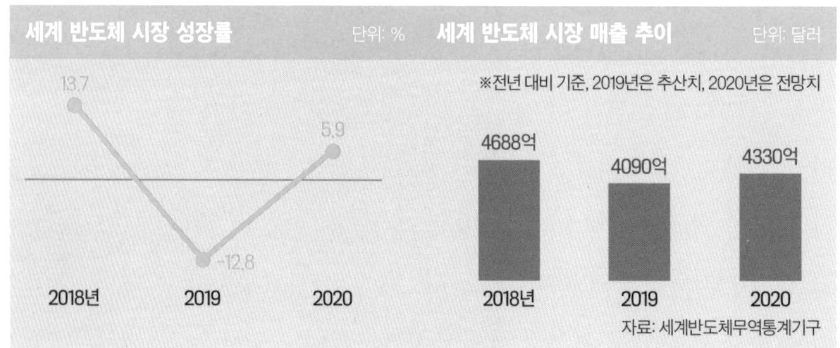

비 16조원 이상 늘어날 것으로 내다봤다. 케이프투자증권 역시 SK하이닉스가 낸드플래시 가격 상승 등에 힘입어 2020년 매출 31조100억원, 영업이익 5조9600억원을 기록할 것으로 전망했다. 2019년 대비 각각 15.9%, 104.2% 증가한 수치다.

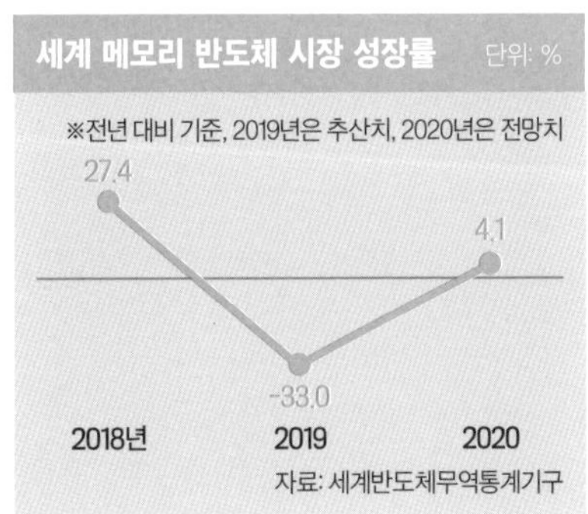

수요 증가로 가격 반등할 전망

다만 두 가지 작은 변수가 있다. 하나는 비메모리 부문 강화다. 삼성전자는 2019년 4월 그간 소홀했던 비메모리 분야에서 총 133조원의 거액을 투자해 2030년까지 세계 1위를 달성하겠다는 '반도체 비전 2030'을 발표했다. 전사적 역량 집중을 선언했기에 2020년에 해당 부문 투자를 대대적으로 늘리면서 전반적인 수익성이 일시적으로 기대만큼 크게 회복되진 못할 수도 있다. 다른 하나는 일본의 수출규제 여파다. 2019년 7월부터 계속된 일본 정부의 수출규제로 반도체 제조에 있어 필수 소재인 고순도 불화수소가 한국에 과거보다 적게 들어오고 있다. 양국 간 나빠진 관계가 길어질 경우 반도체 생산 전선에도 일부 차질이 빚어질 가능성을 여전히 배제할 수 없다. 하지만 비메모리 강화는 2030년까지 긴 안목에서 계획돼 당장 2020년에 큰 변화가 있진 않을 전망이다. 수출규제 여파는 2019년 12월 현재까지 제한적이었으며, 2020년 국산화 진척이나 양국 관계 개선이라는 호재 또한 기대할 수 있어 크게 다가오지 않는다. 전체적인 장밋빛 전망을 바꿔야 할 만큼 큰 변수는 안 될 전망이다.

자동차는 역주행,
조선업은 순항 조짐

최윤신 기자

한국 수출에서 큰 비중을 차지하는 자동차와 조선은 장기 불황에 시름하고 있다. 2008년 글로벌 금융위기 때부터 급격한 업황 악화를 겪은 조선산업은 2017년을 저점으로 조금씩 반등하는 추세지만 자동차는 글로벌 시장의 수요가 줄어들며 힘겨운 상황을 맞고 있다.

조선 업계는 액화천연가스(LNG) 운반선 수주를 바탕으로 만성적인 일감 부족에서 조금씩 벗어나고 있다. 한국산업연구원(KIET)의 2020년 12대 주력 산업 생산 전망에 따르면 2018년 772만CGT(단위환산톤수)에 그쳤던 한국의 조선 건조량이 2019년 16.8% 늘어난 902만CGT를 기록할 것으로 추정된다. 두 자릿수의 성장이지만 그간 조선업의 하락세에 비하면 회복세는 완만하다. 자동차의 경우 어려움이 심화되고 있다. 국내 자동차 생산은 2018년

사진 기아자동차

기아차 인도공장에서 글로벌 전략 SUV 셀토스를 생산하고 있다.

약 403만대를 기록해 400만대에 턱걸이 했는데, 2019년에는 400만대 생산이 깨질 것이란 관측이 많다. 글로벌 자동차 시장이 역성장하는 추세이기 때문에 세계 유수의 자동차 회사도 어려움을 겪고 있는 것은 마찬가지이지만 한국은 대중 수출의 급격한 감소 영향으로 유달리 더 큰 어려움을 맞았다. 국가별 자동차 생산 순위는 2018년 멕시코에 이미 6위를 내줘 7위로 내려앉았다.

글로벌 자동차 시장마저 '역성장'

글로벌 자동차 시장은 전반적으로 위기감에 휩싸여 있다. 차량공유 시장이 급격하게 성장하며 자동차 판매량 자체가 줄어들고 있기 때문이다. 글로벌 자동차 시장은 2016년 처음으로 9000만대를 돌파한 후 성장세가 둔화되고 있다. 글로벌 자동차 시장 성장률은 2017년 1.8%에 그쳤고, 2018년에는 0.2% 수준에 불과했다. 2019년에는 시장이 역성장 국면으로 진입한 것으로 추정된다. 한국자동차산업협회 '글로벌 자동차 시장 동향 분석'에 따르면 2019년 1~3분기 글로벌 주요 7개 시장의 자동차 판매는 전년 대비 5.6% 감소한 것으로 나타났다. 시장조사업체 IHS마킷은 2019년 글로벌 자동차 업체들의 총 생산대수는 2018년보다 6% 줄어든 8880만대에 그칠 것으로 보고 있다. 글로벌 시장이 줄어드는 가운데 한국 시장도 마찬가지의 흐름을 보이고 있다. 한국자동차산업협회에 따르면 2019년 1~10월 한국의 신차 등록은 146만8737대로 전년 동기(152만3820대) 대비 약 3.6% 줄었다.

2020년에도 글로벌 시장은 회복되기 어려울 것으로 보인다. 세계 자동차 업계가 대대적인 감원을 실시하고 있다는 것이 이를 방증한다. 블룸버그 통신은 포드·제너럴모터스(GM)·닛산·혼다·폴크스바겐 등 주요 자동차 업체 8곳이 발표한 감원 규모가 8만 명에 달한다고 보도했다. 이 같은 감원은 중장기적으로 글로벌 자동차 시장의 감소세가 지속될 것이란 전망에 따른 것이다. 또 내연기관에서 전기모터를 이용한 친환경차로 변화가 가속화되며 자동차 업체들의 영향력이 급격히 축소되고 있기 때문이기도

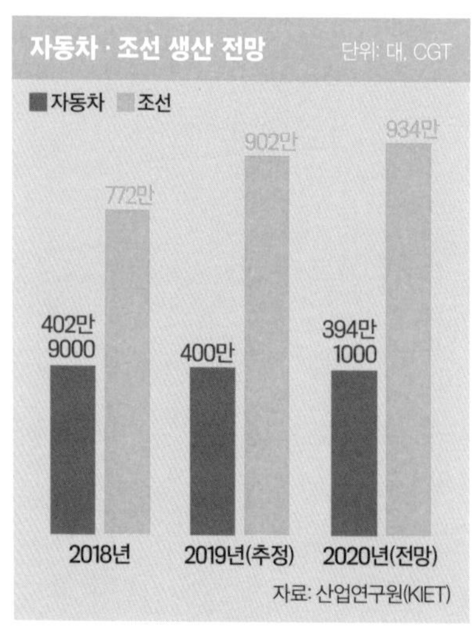

이원희 현대자동차 사장이 12월 4일 여의도 콘래드 서울 호텔에서 열린 CEO 인베스터 데이에서 2025 전략을 발표하고 있다.
사진 현대차

하다. 자율주행 분야에서도 센서와 인공지능(AI) 기술로 무장한 정보통신기술(ICT) 업계에 주도권이 넘어가고 있다.

글로벌 자동차 업계의 이런 흐름은 우리나라 자동차 업계에도 큰 영향을 미친다. KIET는 2020년 우리나라의 자동차 생산이 전년 대비 1.5% 줄어든 394만대 수준에 그칠 것으로 보고 있다. 르노삼성과 한국GM 등 한국에 있는 글로벌 자동차업체의 생산기지가 가장 큰 문제다. 실제로 두 회사는 존폐 위기에까지 내몰린 상황이다. 르노삼성은 2020년 초 생산이 완전 종료되는 닛산 중형 SUV 로그의 후속 물량으로 신형 캐시카이 모델을 수주할 계획이었지만 결국 실패했다. 이에 따라 2020년부터 르노삼성의 '생산절벽'이 시작될 것이란 우려가 커지고 있다. XM3 내수 물량 약 4만대와 QM3·6와 트위지·쿨리오 등 여타 모델을 합쳐도 2020년 예상 생산 물량은 10만대 초반에 불과하다. XM3 수출 물량 5만대는 2020년 10월부터 양산할 예정이다. 2013년 78만2721대에 달했던 한국GM의 연간 생산규모는 2018년 44만4816대로 43%

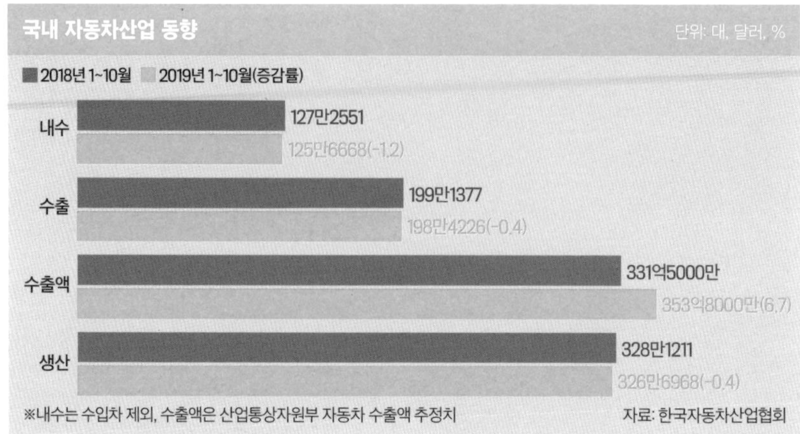

이상 급감한 상태다. 한국GM의 최근 5년간 누적 영업손실도 3조원에 달한다. 국내 자동차 업계 맏형인 현대·기아차도 2019년도 글로벌 판매 목표를 채우지 못했다. 현대·기아차는 2015년부터 5년 연속 판매 목표치에 미달했다. 손익 개선도 더디다. 2018년 현대차 2.5%, 기아차 2.1%로 역대 최악의 영업이익률을 기록했는데, 2019년 1~3분기에는 각각 3.1%, 3.4%를 기록해 더딘 이익 개선을 보였다.

르노삼성·한국GM은 존폐 기로

자동차 업계에 비하면 이미 바닥을 찍은 조선 업계의 상황은 그나마 희망적이다. 2020년에도 LNG선을 바탕으로 업황 개선이 이뤄질 전망이다. KIET는 2020년 국내 조선업 생산이 전년보다 3.5% 늘어난 934CGT를 기록할 것으로 전망했다. LNG선은 일감 부족으로 고사 직전이던 한국 조선 업계에 내려진 생명줄과 같았다. 글로벌 조선업이 장기 불황에서 헤어나오지 못하고 중

현대중공업이 건조한 LNG선.

사진 현대중공업

국 조선소들의 저가 수주로 일감이 고갈되던 가운데 2017년부터 늘어난 글로벌 LNG선 발주가 현재 조선 업계를 먹여 살렸다. 월스트리트저널은 2019년 6월 "LNG선은 망가진 글로벌 조선업에서 유일한 희망"이라며 "한국 조선사들이 가장 큰 수혜자가 될 것"이라고 평가하기도 했다.

통상 일감 수주 후 2년 정도가 걸리는 점을 감안하면 2020년에도 조선업 생산에는 큰 문제가 없을 것으로 보인다. 문제는 2년 후의 일감을 확보하는 '수주전' 인데, LNG선의 수요가 뒷받침돼 큰 걱정은 없다. 2020년 글로벌 시장에는 대규모 LNG 개발 프로젝트들이 줄줄이 기다리고 있다. 카타르 국영석유회사인 카타르페트롤리엄은 LNG운반선을 발주하기 위해 세계 주요 조선소로부터 견적서를 받아 놓은 상황이다. 카타르 LNG운반선 발주 규모는 확정 물량 40척에 옵션 물량 40척 등 최대 80척에 달한다. 이 외에도 LNG 개발 프로젝트는 줄을 잇고 있다. 모잠비크 16척, 러시아 15척, 나이지리아 10척 등 대형 LNG 개발 프로젝트들에 투입될 LNG선 발주가 줄줄이 이어질 전망이다.

문제는 성장동력이 LNG선뿐이라는 것이다. 컨테이너선 등 상선 분야에서의 발주는 찾아보기 어렵고, 그나마도 가격이 저렴한 중국으로 발주가 향하는 추세다. 국제해사기구(IMO)의 환경규제가 2020년 시작되지만 당장의 선박 발주 증가를 기대하긴 어렵다. 우리나라 조선 업계의 '아픈 손가락'인 해양플랜트 발주도 맥이 끊긴 지 오래다. 2020년에도 유가 상승 가능성은 작아 해양플랜트 수주 가뭄은 이어질 것으로 전망된다.

장기적 관점의 사업구조 개편 절실

전문가들은 2020년이 자동차와 조선 모두 장기적인 관점으로 적극적인 구조 변화가 필요한 시점이라는 데 한목소리를 낸다. 자동차의 경우 급격히 변화하는 미래 모빌리티 시장에 대응해나가고, 조선은 중국 등 후발 경쟁자들의 추격에 대비해 경쟁력을 마련해야 한다는 지적이다. 업계에서도 이 같은 움직임이 나타나고 있는데, 2020년 가시화될 전망이다. 현대자동차는 최근 2025 전략을 공개하고 사업구조를 '지능형 모빌리티 제품 생산 및 서비스'로 전환해 2025년에는 세계 3대 전동차 제조기업으로 도약하는 계획을 밝혔다. 이를 위해 6년간 61조1000억원을 투자할 계획이다.

조선 업계에서는 현대중공업과 대우조선해양의 빅딜이 관건이다. 현재 LNG선 시장에서 두 회사의 경쟁이 줄어들어 수익성을 개선할 수 있고, 차세대 친환경선박 시장을 선도해 미래 경쟁력 강화에 대비할 수 있다는 게 전문가들의 기대다. 한국뿐 아니라 글로벌 조선 업계에는 메가조선사 설립 움직임이 일고 있다. 중국에선 최근 중국선박공업그룹(CSSC)과 중국선박중공업그룹

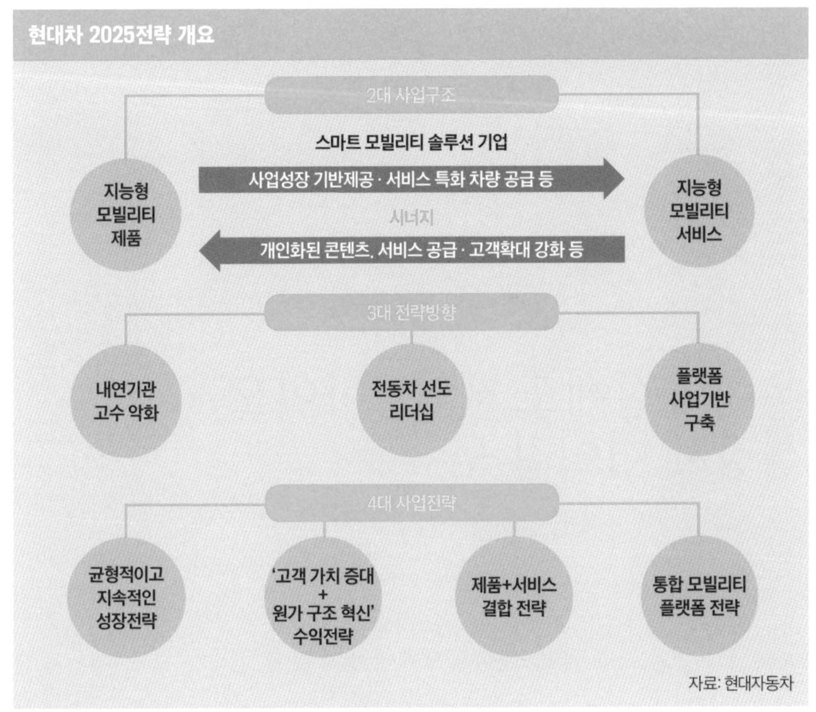

(CSIC)의 합병이 성사돼 중국선박그룹(CSGC)이 등장했고, 일본에선 이마바리 조선과 재팬마린유나이티드(JMU)가 합작사를 설립하기로 했다. 이와 함께 중국 CSSC산하 양자강조선소와 일본 미쓰이E&S조선은 지난 8월 LNG선 건조를 위한 합작법인을 설립했다. 일본과 중국 조선소가 손잡고 한국 조선소들의 먹거리인 LNG선 시장을 노리고 있는 것이다. 현대중공업은 2020년까지 대우조선과의 합병을 마치겠다는 계획이지만, 6개 경쟁당국의 기업결합 심사라는 큰 산을 넘어야 해서 낙관적으로 보긴 어렵다.

우여곡절에도 제약·바이오 성장세 이어갈 듯

최윤신 기자

2019년은 국내 제약·바이오 업계에 잊지 못할 한해가 될 듯하다. 문재인 대통령이 바이오헬스산업을 미래 먹거리를 책임질 3대 신산업으로 규정하고, 2030년까지 5대 수출 산업으로 키우겠다고 선언했지만 연이은 악재로 힘을 쓸 수 없었기 때문이다. 특히 코오롱티슈진의 인보사 사태에 이어 한미약품 기술반환과 신라젠·헬릭스미스 등의 임상 3상 실패 등으로 바이오주에 대한 투자심리는 크게 위축됐다. 2018년의 경우 회계감리와 관련된 투명성이 이슈였다면 2019년에는 바이오 기업 펀더멘털과 직결되는 연구개발(R&D)의 성패 이슈가 주를 이뤘기 때문에 투자자들에게 바이오산업 자체에 대한 회의감을 들게 했다.

2020년 바이오산업은 어떨까. 결론부터 말하면 전망은 맑은 편이다. 지난

연합뉴스

문재인 대통령이 5월22일 낮 충북 청주시 오송첨단의료산업진흥재단 신약개발지원센터에서 열린 혁신신약살롱에서 참석자들로부터 신기술 및 최신 트렌드에 대한 의견을 듣고 있다.

2년간 수많은 악재를 거친 심리적 기저효과가 있다. 여기에 초대형 기업공개(IPO)가 예정돼 있어 바이오 시장으로 돈이 몰리는 한해가 될 것이란 전망이 큰 상황에서 기존 제약사 및 바이오시밀러 기업들도 성장세를 이어갈 것으로 보인다. 다만 2019년 하반기 대형 바이오기업의 파이프라인 가치 및 주가에 대한 불확실성은 완전히 제거됐다고 보기 어렵다.

SK바이오팜 · CJ헬스케어 등 초대형 IPO 대기 중

2019년 IPO 시장에선 바이오의 위축이 두드러졌다. 각종 악재로 바이오 주가가 출렁거린 영향을 받은 것으로 풀이된다. 2019년 1~11월 상장한 제약·바이오 전문 업체 수는 13곳으로 2018년 같은 기간보다 절반 가까이 줄었다. 하지만 2020년 바이오 시장에는 초대형 IPO가 줄을 이을 전망이다. 가장 큰 기대를 받는 것은 SK바이오팜이다. SK바이오팜은 2019년 10월 상장예비심사를 청구했다. SK바이오팜에 대한 시장의 기대는 크다. 2019년 3월 기면증 치료제 솔리암페톨로 미국 식약청(FDA)의 신약 승인을 받은 데 이어 같은해 11월엔 뇌전증 발작 치료제 세노바메이트(미국명 엑스코프리)의 판매 허가를 받았기 때문이다. 세노바메이트는 연 매출 1조원 이상의 글로벌 대표 의약품으로 성장할 것이란 기대를 받고 있다. SK바이오팜은 이 밖에 조현병, 집중력 장애, 파킨슨, 조울증 등 중추신경계 질환 치

조정우 SK바이오팜 사장이 11월 26일 뇌전증 신약 '엑스코프리'(성분명 세노바메이트)의 미국 식품의약국(FDA) 허가와 관련해 기자간담회를 하고 있다.

중앙포토

2019년 신규 상장한 헬스케어 기업

종목명	기업 개요	상장일
이노테라피	의료용바이오소재(지혈제)	2월 1일
셀리드	자가유래 세포기반 면역치료 항암백신	2월 20일
지노믹트리	DNA 메틸화 바이오마커	3월 27일
수젠텍	체외 진단기기	5월 28일
마이크로디지탈	광학기술 기반 진단기기	6월 5일
압타바이오	난치성 희귀질환 신약개발	6월 12일
레이	디지털 기반 헬스케어 의료장비	8월 8일
올리패스	RNA 치료제	9월 20일
녹십자웰빙	영양주사제, 건강식품, 천연물신약	10월 14일

자료: KTB투자증권

료제와 관련된 다수의 신약 후보물질(파이프라인)을 보유하고 있다. 증권가에서는 SK바이오팜의 상장 후 시가총액을 5조~10조원으로 평가하고 있다. 지난 2016년 상장한 삼성바이오로직스와 2017년 상장한 셀트리온 헬스케어 수준의 IPO가 될 것이란 전망이다.

한국콜마 자회사인 CJ헬스케어 역시 IPO를 추진 중이다. CJ헬스케어는 지난해 한국콜마에 인수될 당시 5년 내 IPO 재개를 조건으로 협상이 이뤄졌는데, 2020년 내에 상장하게 될 가능성도 크다. CJ헬스케어는 2019년 3월 국산 신약 30호 '케이캡' 출시 후 6개월 만에 블록버스터 품목으로 키웠다. IPO를 통한 CJ헬스케어의 기업가치는 1조5000억~4조원대로 평가받을 것으로 전망되고 있다. 이 밖에 노브메타파마, TCM생명과학, 듀켐바이오 등도 2020년 상장을 준비하고 있다.

매출 상위 제약사들도 경우 대체로 순조로운 임상 진행과 해외 수출 등으로 본격적인 이익 개선을 보일 것으로 전망된다. 한미약품의 경우 그간 악재

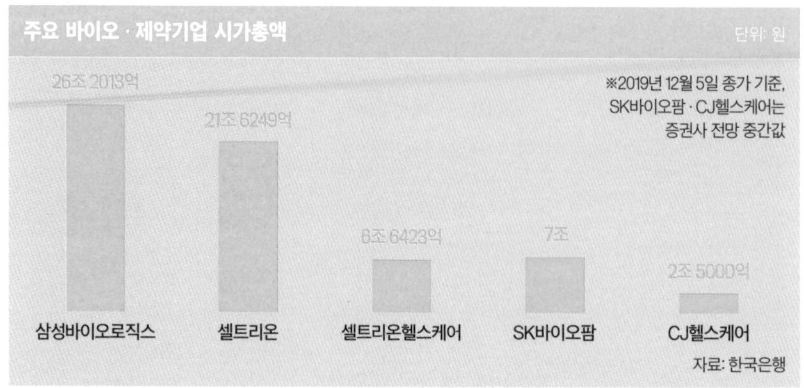

로 작용했던 기술수출 반환이 더는 없는 데다, 대웅제약 나보타의 미국·유럽 품목허가 이슈 등이 기다리고 있다. 한미약품의 경우 기술반환이 있었음에도 2018년 4분기부터 2019년 3분기까지 4개 분기 연속으로 두 자릿수 성장세를 이어왔다. 기존의 스테디셀러 제품들이 견조한 성장세를 이어가고 있어 이런 추세는 2020년에도 이어질 것으로 보인다.

유한양행은 대형 블록버스터급 의약품들의 특허만료로 ETC 사업 부문이 계속 역성장하고 있어 그간 상위 제약사 중 실적이 가장 부진한 모습을 보여왔다. 그러나 2019년 출시된 개량신약 덕에 2020년부터 실적이 좋아질 것으로 예상된다. 유한양행은 또 2020년 상반기 레이저티닙 병용투여 임상 2상 진입에 따른 추가적인 마일스톤 수취도 기대하고 있다. 대웅제약 역시 실적이 개선될 것으로 보고 있다. 보툴리눔 톡신 제제 '나보타'가 미국 시장에서 빠르게 점유율을 높이고 있고 캐나다와 유럽 등 해외 수출도 본격화가 예상된다.

바이오시밀러 역시 전망이 나쁘지 않다. 유진투자증권은 셀트리온헬스케어와 삼성바이오에피스가 2020년부터 매출과 이익의 고성장 국면에 진입할 것이라고 내다봤다. 그러면서 두 업체의 합산 바이오시밀러 매출액이 2018년 1조1000억원에서 2023년 5조7000억원으로 성장할 것이라고 내다봤다. 국내 대표 바이오시밀러 업체인 셀트리온헬스케어와 삼성바이오로직스 역시 내년에도 고성장을 유지할 것으로 보고 있다. 셀트리온헬스케어는 2020년 2월 독일을 시작으로 영국·네덜란드 등 유럽 시장에서 램시마SC를 순차 출시한다. 기존 램시마와 달리 직접 판매를 통해 마진율을 개선할 수 있을 것으로 전망된다.

셀트리온·삼성바이오 등 순항 예상

삼성바이오로직스의 경우 CMO(바이오의약품 위탁생산) 사업이 정상궤도에 진입하면서 실적 개선이 클 것으로 전망되고 있다. 글로벌 바이오시밀러 시장을 선도하는 두 업체는 향후 특허가 만료될 상위 바이오약품들의 바이오시밀러 개발을 진행 중이다. 이 약품들의 현재 판매액이 100조원이 넘어 현재의 점유율만 유지하더라도 무난한 성장이 예상된다.

이와 함께 메디톡스·휴젤 등 국내 보톨리눔톡신 회사들도 중국에서 정식으로 시판 승인을 받을 것으로 예상되면서 높은 성장세를 보일 것이란 전망이 나오고 있다. 그동안 중국 시장은 보따리상(따이고)에 의해 유통돼 왔는데, 중국 정부의 규제 강화로 다소 주춤하는 양상을 보였다. 정식 시판 승인을 받을 경우 고성장세로 진입할 수 있을 것으로 여겨진다. 선민정 하나금융투자 연구원은 "지난 2016년 이후 임상실패, 기술반환 등 신약개발과 관련한 일련의 실패 사례를 경험하면서 이제 시장은 과거보다 스마트하게 움직이고 있다"며 "2020년에는 지난 2년간의 긴 터널을 지나 다양한 이벤트를 통해 도약이 예상된다"고 내다봤다.

다만 황금빛 전망만 나오는 것은 아니다. 2019년처럼 신약개발 기대감이 컸던 기업들이 글로벌 임상에서 줄줄이 미끄러지는 상황이 또 발생할 수 있기 때문이다. 임상 과정에서 발생한 어처구니없는 실수가 우연이 아니라 구조적인 문제라는 시각이 있는 만큼 임상에 돌입한 신약들에 과도한 기대를 품기는 어렵다. 임상 전문 인력이 전무해 해외 임상시험전문기관(CRO)에 위임하고 제대로 된 관리가 어렵다는 게 국내 업체들의 임상 한계점으로 지적된다. 실제 헬릭스미스의 경우 당뇨병성 신경병증 치료 신약 후보 물질엔젠시스의 임상 3-1상에서 약물 투약군과 위약 대조군이 섞여 결론 도출을 할 수 없게 됐다고 밝혔다. 약물 혼용의 원인에 대해 조사하고 있으며 2020년 1월 조사 결과를 밝힐 예정이다. 구자용 DB금융투자 연구원은 "대부분의 국내 바이오 기업들은 개발비용이 많이 소요되는 후기임상 전 기술수출을 목적으로 기술을 개발하다 보니 임상 시험에서 어려움을 겪는다"며 "임상시험 전문가가 없다면 일

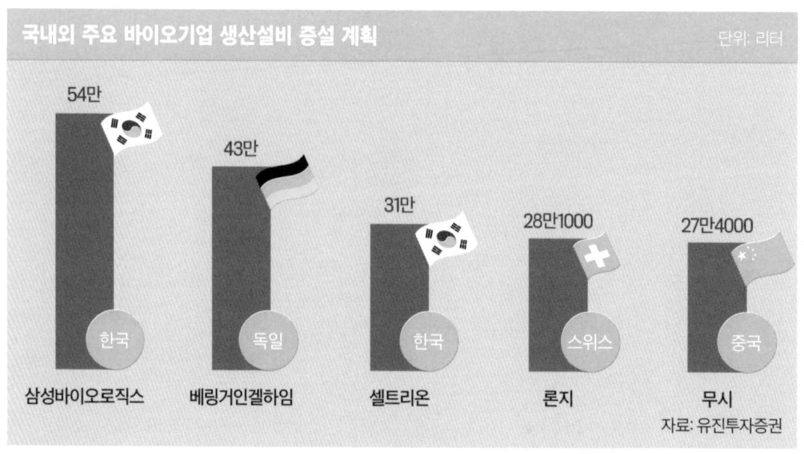

반적으로 기존 치료방법의 임상 디자인을 참고해 시험을 진행하는데, 이 때문에 오히려 신약의 가치를 더 높일 수 있는 임상시험 결과를 얻기 어려운 상황이 발생하기도 한다"고 지적했다.

약가 개편에 중소 제약사는 생존위기

중소 제약사의 경우 2020년 대형 악재와 마주해야 한다. 7월 적용되는 약가 개편으로 수익성 악화가 불가피 할 것으로 전망된다. 제네릭 의약품의 경우 오리지널 의약품과 복제약 간 효능이 같다는 것을 입증하는 생동성 시험을 자체적으로 실시하고, 등록된 원료의약품을 사용해야 한다는 요건을 모두 충족하지 못할 경우 약값이 38.69% 수준까지 내려간다. 또 기준 충족 여부와 상관없이 시장 진입이 늦을수록 점점 낮은 약값을 받게 되는 구조다. 제네릭 난립을 막기 위한 정책이지만 제네릭으로 번 돈을 R&D에 투자하는 중소 제약사의 생존 자체를 위협할 것이라는 우려가 나오고 있다.

전기차 배터리 시장 패권다툼 원년

한정연 기자

2020년은 글로벌 전기차 배터리 시장의 패권다툼이 본격적으로 펼쳐지는 원년이 될 것으로 보인다. 글로벌 완성차 업계가 직접 2차전지 시장에 뛰어들었고, 가장 큰 시장인 중국에서 사드 후폭풍과 자국 업체 보호를 이유로 행해왔던 중국 정부의 보조금 지급 제한 규제가 일부 풀렸기 때문이다.

세계 리튬 2차전지 시장은 전기자동차와 IT 기기에 들어가는 소형전지가 대부분을 차지한다. 그 외 대용량 전기저장장치(ESS) 등에 사용되는 중·대형전지는 전체의 4% 이하다. 전체 배터리 시장에서 소형전지가 2017년 46%, ESS용이 3.7%, 전기자동차용이 50.3%를 기록했다. 이 가운데 전기자동차용 시장을 둘러싼 경쟁이 가장 뜨겁다. 기업들의 시장점유율이 안정적인 소형전지 부문에서는 삼성SDI와 LG화학이 세계 시장을 좌우한다. 전기자동차는 성장

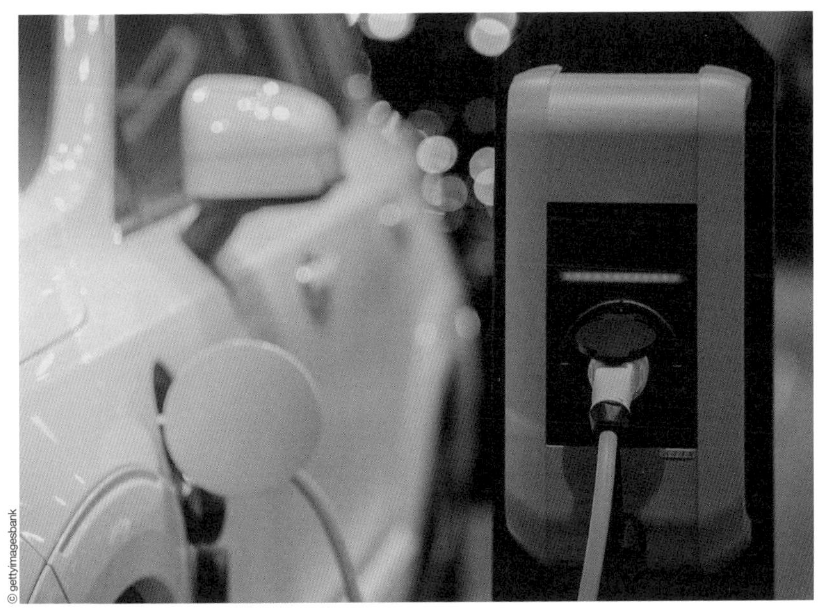

태동기라서 앞으로 점유율이 더욱 늘어날 전망이지만, 이 시장에서는 중국 배터리 전문 기업은 물론이고 완성차 업체들도 경쟁자로 변신하고 있어 시장 변동성이 크다.

전기차용 배터리 시장 경쟁 치열

지난 12월 10일 중국 현지 언론 등에 따르면 중국 공업정보화부(공신부)가 발표한 '2019년 11차 친환경차 추천 목록'에 LG화학과 SK이노베이션 배터리를 탑재한 친환경차가 포함됐다. LG화학이 파나소닉과 함께 배터리를 공급하는 테슬라 모델3와 SK이노베이션 배터리를 사용하는 베이징벤츠 E클래스 플러그인하이브리드(PHEV)가 대상이다. 공신부는 이번에 61개 회사의 146

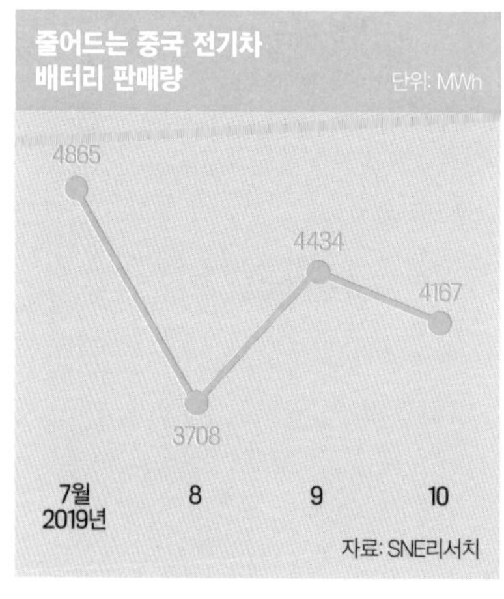

개 모델에 보조금을 새로 지급하기로 했는데, 외국산 배터리를 탑재한 친환경차도 상당수 명단에 이름을 올렸다. 중국 정부의 태도 변화로 한국 업체들은 중국 사업 재개에 기대감을 높이게 됐다. 중국 정부는 사드 보복의 일환이자 자국 산업 육성을 위해 2017년 1월부터 한국산 배터리를 탑재한 전기차에는 보조금을 주지 않는 방식으로 보이지 않는 제재를 이어왔다. LG화학과 삼성SDI의 중국 내 배터리 공장들은 한때 가동률이 50% 아래로 떨어져 수출용 물량을 늘리면서 버텨왔다.

지금까지 글로벌 2차전지 업계에선 중국 CATL과 일본의 파나소닉이 가장 앞서고 있다. CATL 배터리는 각이 있는 형태고, 파나소닉의 배터리는 전통적으로 원통형이다. 기존 업체들 외에도 LG화학과 SK이노베이션이 파우치형 배터리를 시장에 선보였다. SNE리서치에 따르면, 2019년 1~9월 글로벌 전기차 배터리 점유율은 CATL이 26.6%로 1위를, 파나소닉이 24.6%로 2위를 차지했다. 단일 시장으로는 가장 큰 중국에서 CATL은 자국 전기차 수요 대부분을 차지하고 있다. 세계에서 가장 주목받는 전기차 업체 테슬라에 가장 많은 배터리를 공급하는 파나소닉의 아성도 단단하다.

LG화학은 글로벌 시장점유율 11%로 중국 BYD와 함께 3위권을 형성하고 있다. 후발주자인 SK이노베이션은 10위권 이내로 들어왔다. 국내 기업이

강점을 보이고 있는 파우치형 배터리는 유럽·미국 등 주요 완성차 업체들이 관심을 보이면서 최근 두각을 나타내고 있다. 하이브리드형 등 초기 친환경차에 들어가던 배터리는 각형이었다. 각형 배터리는 2016년까지도 전체 점유율 50% 이상을 차지했지만, 2016년 10% 중반대 점유율을 기록하던 파우치형이 2017년부터 연평균 10% 가까운 성장세를 보이고 있는 상황이다. 특히 하이브리드가 아닌 순수 전기차에 적용되는 배터리 형태는 파우치형이 점점 더 비중을 키워나가 1위를 차지할 것으로 보인다.

파우치형 배터리 채택 늘어

SNE리서치는 순수 전기차 배터리 시장에 2020년 파우치형이 140.1GWh로 1위를 차지할 것으로 예상했다. 각형은 111.4GWh로 2위를 기록할 것으로 예상했지만, 원통형은 2019년 39.5GWh에서 2020년 19.2GWh로 오히려 급감할 것으로 예측됐다. 테슬라는 파나소닉의 원통형 배터리에 집중하던 것에서 벗어나 LG화학 등과 공급계약을 하고 공급선 다변화에 나섰다. LG화학 제품을 주로 쓰던 폴크스바겐도 SK이노베이션 등과 복수 계약을 했고, BMW도 CATL과 삼성SDI 등 복수 공급 체계를 선택하면서 2020년은 국내 배터리 기업들의 약진이 본격적으로 시작될 것으로 보인다. 파우치형은 각형이나 원통형에 비해 형태가 자유롭고 용량을 늘리기도 쉬운 게 장점으로 꼽힌다. 물론 알루미늄캔으로 만드는 각형이 내구성이 좋고 원가 절감에 도움이 되기 때문에 당분간은 명성을 유지할 것으로 보인다. 일반적으로 시장을 배터리의 형태로 분류하고 있지만, 배터리 셀 모양보다는 전기차 플랫폼에 맞게 셀만 채우면 되기 때문에 결국 기술력이 관건이라는 분석도 있다.

이처럼 2020년이 국내 배터리 기업들의 해가 될 수도 있지만, 2019년 11월 LA오토쇼를 앞두고 BMW가 자사 전기차에 최적화된 배터리를 자체적으로 개발하겠다고 나서면서 배터리 업체들의 셈법에 차질이 생기고 있다. 전기차 규모가 크게 늘어날 것이 확실시되면서 완성차 업체들이 전기차의 심장에 해당하는 배터리를 자체 개발하려는 행보가 예상되지 않은 것은 아니다. 이미 테슬라·폴크스바겐·도요타가 독자 배터리 기술력 확보를 선언했기 때문이다. BMW는 지금까지 자사 전기차 모델 배터리 셀을 삼성SDI, 중국 CATL 등 업체로부터 공급받아왔다. 독자 제품을 만들겠다는 것이지 공급계약을 당장 끊는 것은 아니다.

앞으로 전기차 제조사들은 자신들이 원하는 성능과 디자인에 맞는 배터리 셀을 직접 개발하고 이를 배터리 업체에 위탁 생산할 것으로 보인다. BMW는 2015년부터 누적 2억 유로(약 2600억원)를 투자해 뮌헨에 연구개발(R&D) 시설을 설립하고 수백명의 연구인력을 채용했다. 전기차 배터리 시장은 지난해 25조원 정도였지만 2023년에는 100조원 가까운 규모로 급성장할 전망이다. 중국 CATL의 성공 방정식에서도 알 수 있듯이 배터리 기업의 경우 해당 국가가 정책적으로 양성하는 경우가 많기 때문에 이는 한국·중국·일본 경제의 대리전 성격도 띨 것으로 보인다.

세계 1위 배터리 기업인 CATL의 성공 스토리를 잠시 살펴 보면 배터리 업계를 좀 더 잘 알 수 있다. 2011년 쩡위췬 회장이 창업한 닝더스다이신에너지과기공사(寧德時代)의 영문 약자인 CATL은 독일 자동차 업체 폴크스바겐과 다임러, 테슬라 등에 제품을 공급하고 있다. 무명에 가깝던 CATL은 어느 순간 삼성SDI와 LG화학 등을 제치고 글로벌 기업으로 갑자기 성장했다. 쩡위췬 회장은 시진핑 주석이 당서기를 지냈던 푸젠성 출신으로 상하이교통대, 화난이공대, 중국과학원에서 수학했다. 그는 현재 중국인민정치협상회의 위원으로도 활동하고 있다. 10여 년 전 홍콩에서 휴대전화용 소형전지 업체를 설립한 쩡위췬은 애플에 배터리를 공급하고 이후 회사를 매각해 순식간에 수조 원대 재산을 일궜다. 그런 그가 선택한 건 재창업, 그것도 전기차용 배터리 업체 창업이었다. 중국 정부는 지원을 아끼지 않았다. 중국이 세계 최대 규모의 전기차 시장이었기 때문이다. 전 세계에서 생산된 전기차의 60% 이상이 중국에서 팔린다. 국제에너지기구(IEA)는 2030년까지 세계 전기차 판매가 연간 2300만~4300만대 이를 것으로 보는데, 이 중 중국 시장이 전체의 57%, 유럽이 26%, 미국이 8% 정도를 차지할 것이라고 전망했다.

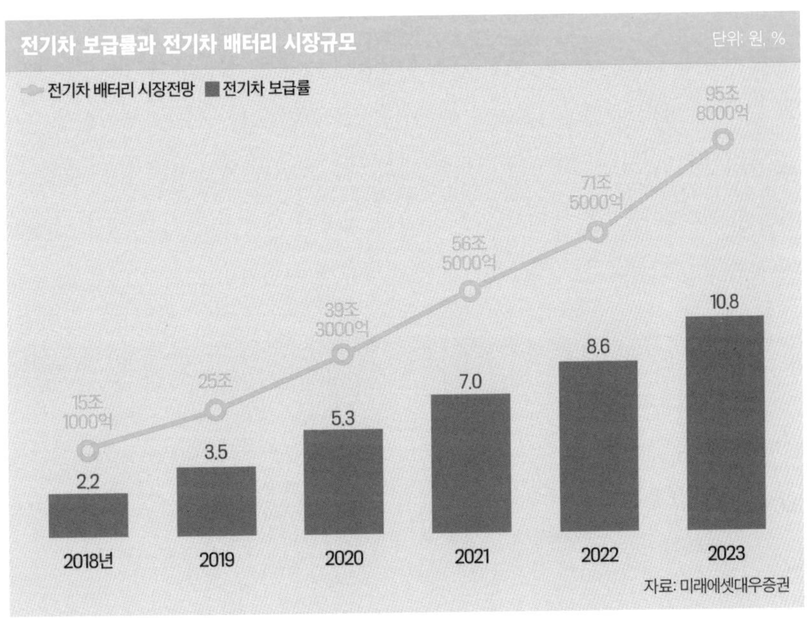

이런 상황에서 완성차 업체들이 자체 기술 개발에 나선 것이다. BMW는 차종과 모델에 맞는 배터리를 개발할 예정이고, 리튬이온 배터리의 원재료인 니켈·코발트·망간 등의 원재료 수급에도 관여하겠다고 발표했다. 완성차 업계의 고민은 원가구성에 있다. 전기차의 심장인 배터리는 전체 제조원가의 40%에 육박한다. 폴크스바겐은 배터리 업체 노스볼트 지분 20%를 인수하는데 무려 9억 유로(약 1조1700억원)를 썼다. 도요타는 배터리 연구소를 세워 16조원을 투자했다. 테슬라도 북미 배터리 기업을 인수했고, 자사 생산라인에서 직접 배터리를 만들겠다는 계획을 세웠다.

이는 완성차 업체들이 차량 제조원가의 절반에 육박하는 배터리를 직접 설계해 쓰려는 것과 함께 물량이 부족할 것을 대비하는 것이기도 하다. SNE 리서치는 전기차 배터리 수요가 2023년 916GWh로 폭증하면서 공급량이 이를 따라잡지 못 할 것으로 전망했다. 2018년 LG화학·삼성SDI·SK이노베이션 등 국내 배터리 생산기업들의 생산량은 53GWh였다. 3사는 생산량을 9배로 늘려 2025년 455GWh를 생산할 계획이다. 2020년은 3~4년 후 폭증할 전기차용 배터리 생산을 늘리기 위한 투자가 집중될 시기다. 전기차 생산 업체들의 공급이 단기간에 크게 늘어날 수 없기 때문에 전기차 배터리 가격을 좌우할

전기차 배터리 세대별 특징

	1세대	2세대	3세대
1회 충전시 주행거리	200km 이내	400km 전후	500km이상
기능적 특성	5~6시간가량 충전해야 이용 가능	80% 충전에 1시간 전후 필요	80% 충전에 10분 내외
탑재차량	현대차 아이오닉 일레트릭, 기아차 쏘울EV	현대차 코나 일렉트릭, 쏘울 부스터EV, 테슬라 S	2020년 이후 출시

자료: IN P&C

리튬 이온 배터리

© gettyimagesbank

수요와 공급의 싸움이 치열한 만큼 투자, 수익도 집중 발생할 것으로 보인다.

배터리 기업들은 현재 전기차 배터리의 표준인 리튬이온 전지를 대체할 차세대 2차전지 기술 선점을 위해서도 노력하고 있다. 지금까지 차세대 2차전지 표준이 무엇이 될지는 미지수다. 재충전이 가능한 2차전지는 양극·음극·전해질·분리막 등으로 구성돼 있다. 양극과 음극의 전압 차이에서 전해질 내의 이온이 충전과 방전을 하며 분리막을 통과하면, 양극, 음극 소재와 반응하는 과정을 통해서 전기에너지가 생산되고 배터리 내에 이를 저장한다. 이때 핵심 소재가 무엇이냐에 따라 배터리 특성과 성능이 정해진다. 현재 2차전지의 표준인 리튬이온 배터리는 충·방전 과정에서 리튬이온이 이동한다. 금속 원소 중에서 리튬이 가장 가벼우면서도 낮은 반응 전압을 가진다. 리튬이온 배터리 전압은 같은 크기의 일반 배터리의 두 배이기 때문에 2차전지 소형화에 큰 힘을 보탰다.

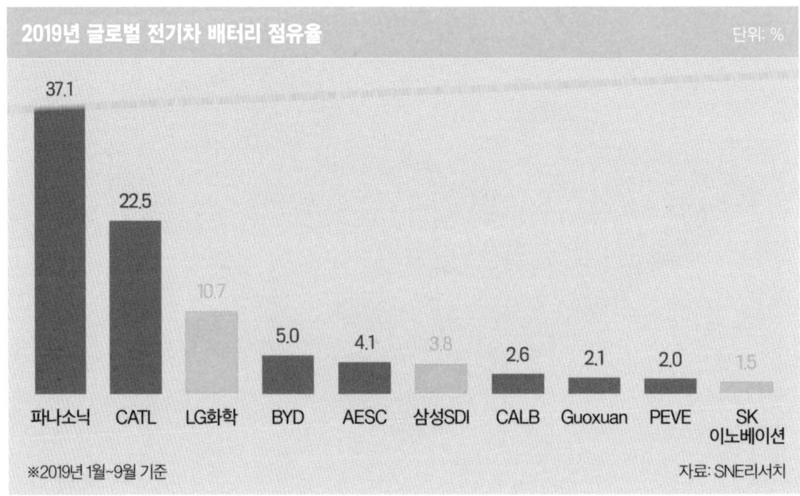

다만 수명과 출력, 안전성 등에서는 여러 한계를 노출하고 있다. 사용 기간이 길어질수록 전기에너지 저장 용량이나 충전 성능 등의 효율이 떨어진다. 리튬이온 배터리의 경우 250번의 완전 방전 후에는 용량이 73%로 줄어드는 것으로 알려져 있다. 온도가 낮은 환경에서 사용하면 쉽게 방전되는 특징도 있다.

차세대 배터리 연구도 활발

최근 연구가 활발한 차세대 배터리 소재들 중에는 어떤 것이 가장 앞서고 있을까? 우선, 하이니켈 배터리가 있다. 리튬이온 전지의 양극재 소재에서 니켈의 비중이 80% 이상인 것을 의미한다. 2023년 상용화할 것으로 전망된다. 망간과 알루미늄을 활용해 코발트 비중을 낮추는 기술도 연구 중이다. 양극재의 니켈 함량이 많을수록 배터리의 출력이 늘어나고, 비싼 원재료인 코발트 함량을 줄일 수 있다.

꿈의 소재라는 그래핀을 대용량 배터리에 활용하는 기술도 개발되고 있다. 삼성전자종합기술원과 삼성SDI, 서울대는 저렴한 실리카(SiO2)를 이용해 팝콘 모습의 '그래핀 볼'을 합성하는 기술을 공동 개발했다. 이렇게 만들어진 그래핀 볼을 리튬이온전자 양극 보호막과 음극 소재로 활용하니 충전 용량이 45%가량 늘어났다.

액체 전해질 방식에서 오는 리튬이온 배터리의 한계를 개선하기 위해 전고체 배터리 개발도 진행 중이다. 리튬이온이 이동하는 전해질을 고체 물질로 대체해 열과 외부 충격에 강한 특징을 갖고 있다. 그만큼 물리적 충격에 전해액이 누수가 되거나 폭발하는 위험이 없다. 일본 후지경제연구소는 전 세계 전고체 전지 시장이 2035년 약 28조원 규모로 커질 것으로 내다봤다. 액체 전해질을 사용하는 리튬이온전지를 적용할 수 없는 고온 환경 등 특수한 산업용부터 2차전지에 대한 수요가 확대되고 있는 전기차 분야까지 다양하게 활용될 것이라는 전망이다.

국내 배터리 기업들은 2025~2026년 상용화를 목표로 전고체 전지를 개발 중이다. 소형전지 형태로는 2025년 이전에 다양한 시도가 이어질 것이다. LG화학은 2020년 중반에 전고체 전지 시제품을 내놓을 계획을 밝히기도 했다. SNE리서치에 따르면, 전고체 전지를 탑재한 전기차는 2030년 200만대가량 생산되면서 전체 전기차 시장의 10%를 차지할 전망이다. 大예측

CHAPTER 5
투자 가이드

- 코스피 상고하저로 다시 '박스피'?
- 정부 바람처럼 집값 잡을 수 있을까
- 골드 랠리는 어려워도 금값 여전히 '반짝반짝'

2020년 국내 증시는 상고하저의 박스권에 머물 전망이다. 2020년 세계 경제가 2019년보다는 나아질 것으로 보이지만 강한 반등은 어려운 데다 선진국 주가가 벌써 11년 넘게 상승을 이어왔기 때문이다. 미국 대선을 앞두고 미중 무역분쟁이나 북미 핵협상 등이 호재로 작용할 수 있지만 반대의 경우도 배제할 수 없다. 정부의 강력한 규제에도 하늘 높은 줄 모르고 오른 집값은 2020년에도 상승 추세를 이어갈 전망이다. 전문가와 일반인 모두 집값 상승에 베팅하고 있다. 어정쩡한 경기 전망에 상승세를 이어온 금값도 여전히 '반짝반짝' 빛날 것으로 보인다.

코스피 상고하저로 다시 '박스피'?

이종우 증시칼럼니스트

2008년 글로벌 금융위기 이후 세 번의 금융완화 사이클이 있었다. 1차는 지난 2009년 중반부터 2010년 7월까지 1년여에 걸쳐 진행됐다. 미국의 양적완화가 계기였는데, 1조8000억 달러의 돈이 투입됐다. 이 조치로 선진국 주식시장이 40%, 신흥국도 105% 상승했다. 금융위기로 주가가 떨어졌던 게 큰 반응을 끌어낸 원동력이었다. 물론 경제도 도움을 받았다. 1차 완화 사이클을 계기로 세계 경제가 회복 국면에 들어갔는데 그 덕에 주가가 빠르게 상승할 수 있었다. 우리 시장도 예외가 아니었다. 2010년 말 사상 최고치에 도달해 다른 어떤 나라보다 빠른 상승을 기록했다.

2차 완화 사이클은 2012년에 시작해 2년간 이어졌다. 미국이 2차 양적완화에 나선 데다 재정위기에 시달리던 유럽이 유동성 공급을 늘린 게 계기였다.

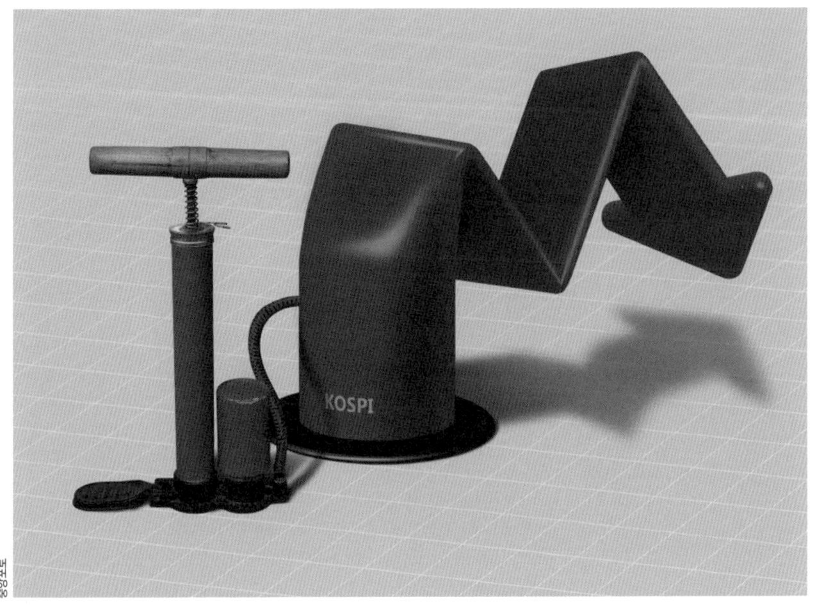

중앙포토

2차 완화 때에는 1차와 달리 지역별로 주가 움직임이 달랐다. 선진국은 1차와 마찬가지로 40% 정도 상승한 반면 신흥국은 4% 오르는 데 그쳤다. 우리 시장 역시 1800~2100의 박스권에 갇혀 버렸다. 주가의 모습이 지역별로 차이가 난 건 완화정책이 선진국을 중심으로 진행됐기 때문이다. 여기에 중국 경제가 빠르게 둔화된 영향이 더해지면서 신흥국이 힘을 쓰지 못했다.

그리고 지난해 7월에 3차 완화 사이클이 시작됐다. 이번에도 선진국 주가는 사상 최고치를 경신했다. 문제는 상승 속도인데, 앞의 두 번에 비해 강하지 못했다. 이유는 간단하다. 두 번의 금융완화 정책으로 금리가 이미 낮은 상태가 돼 추가 인하를 해도 얻을 수 있는 게 많지 않기 때문이다. 시중에 돈이 많이 풀려 유동성을 추가로 공급해도 효과를 보기 힘든 점도 감안해야 한다.

2020년 주식시장은 이 같은 금융시장 상황을 고스란히 떠안은 채 시작하게 됐다.

제조업 경기 둔화로 펀더멘털 약화

2020년 국내외 경제는 2019년보다 성장률이 높아질 거란 전망이 우세하다. 경기가 바닥에 도달했다는 사실만으로도 주가가 오르던 과거 경험에 비춰보면 긍정적인 변화가 아닐 수 없다. 바닥 통과에 대한 기대는 과거 경기 사이클에서 찾을 수 있다. 2017년 9월이 지난 경기 정점이니까 국내 경제는 2년 넘게 위축 국면을 경험한 셈이 된다. 1998년까지 우리나라 경기순환 주기는 확장 34개월, 수축 19개월로 총 53개월이 하나의 주기였다. 외환위기 이후는 좀 더 짧아져 확장 26개월, 수축 18개월로 주기가 44개월이 됐다. 과거 순환주기로 볼 때 경기 둔화가 2년 넘게 이어졌다는 건 저점이 멀지 않았다는 의미가 된다.

다른 징후도 나타나고 있다. 2019년 2분기에 경제협력개발기구(OECD)

내년 코스피 전망치 단위: 포인트

증권사	하단	상단
메리츠종금증권	2000	2500
케이프투자증권	2000	2500
하나금융투자	2000	2450
KB증권	1950	2400
한화투자증권	2000	2350
현대차증권	2000	2350
IBK투자증권	1960	2380
KTB투자증권	1900	2300
키움증권	1900	2250

자료: 각 증권사

선행지표가 저점을 찍었다. 이 지표로 보면 글로벌 경제가 바닥에 도달했을 가능성이 큰데, 특히 관심이 가는 곳이 중국이다. 전통적으로 OECD 중국 경기 선행지수는 우리보다 3개월 먼저 움직인다. 해당 지표가 7월에 바닥을 찍었으니까 우리 선행지수역시 2019년 말에 저점을 통과할 가능성이 있다.

고용이 점차 개선되고 있는 점도 감안해야 한다. 3분기 이후 매달 신규 고용 증가가 40만건씩 이루어지고 있다. 고용의 질이 좋은 건 아니지만 그래도 긍정적인 변화임에 틀림없다. 산업면에서는 반도체가 관심을 모으고 있다. 8월에 11개월 만에 계약가격 하락이 멈췄다. 지금은 방향 전환에 대한 기대가 커진 상태인데, 시장에서는 2020년에 반도체 기업의 이익이 30% 이상 늘어날 걸로 보고 있다.

다만 국내외 경기가 저점을 통과하더라도 회복속도가 빠르지 않을 것이다. 특히 제조업이 우려가 되는데, 2020년 주식시장의 펀더멘털을 제약하는 요인이 될 것이다. 세계적으로 제조업 경기가 둔화되고 있는 건 오랜 경기 확장에 따른 에너지 약화와 미중 무역분쟁의 영향이 크다. 처음 관세 부과에서 시작된 무역분쟁이 1년 반 이상을 끌면서 기업으로 영향이 넘어왔기 때문이다.

이런 상황을 감안할 때 2020년 경제의 초점은 제조업에서 시작된 경기 둔화가 제조업에 그칠 것이냐 아니면 소비 등 다른 곳으로 넘어올 것이냐가 될 것이다. 미국 경제에서 제조업이 차지하는 비중이 10%에 지나지 않는다. 전체 고용에서 차지하는 비중도 8.5% 정도 밖에 되지 않는다. 그래서 제조업이 둔화돼도 경제 전체에 미치는 영향이 크지 않다고 보는 시각이 많다.

현실은 그렇게 간단하지 않다. 최종 제품이 만들어지기까지 여러 단계를 거치는데, 각 부분에서 미국 제품이 차지하는 비중까지 고려하면 영향력이 국내총생산(GDP)의 30% 정도는 된다. 그래서 과거에도 ISM 제조업 지수가 약해지고 9개월 정도 지나면 비제조업지수도 약해졌다. 제조업 둔화가 시차를 두고 여러 부문으로 이전된다는 건데, ISM 제조업 지수 정점을 경기 둔화의 시작점으로 볼 경우 이미 1년 훨씬 전부터 제조업 둔화가 시작됐고, 기준선 50을 밑도는 걸 둔화의 시작점으로 보더라도 5개월이 지났다.

높은 주가에 따른 버블 가능성 존재

관건은 주가다. 2020년은 경기 회복이 더더 많은 부분을 금융완화에 기댈 수밖에 없는데 주가가 높으면 이 부분도 역할을 하지 못하기 때문이다. 금리를 내리고 돈을 풀 때 제일 걱정되는 부분이 물가다. 물가가 오를 가능성이 큰데, 그 경우 어쩔 수 없이 긴축 정책으로 돌아설 수 밖에 없다. 지금은 소비자물가가 문제가 될 가능성은 없다. 그렇지만 자산가격은 사정이 다르다. 지금까지 올랐고 앞으로도 오를 수 있다. 이 상황은 11년 전 버블로 금융위기를 겪었던 선진국 입장에서 극도로 경계해야 하는 형태여서 선진국 정부가 모든 정책을 동원해 막을 수밖에 없다.

지금 선진국의 모든 자산은 가격이 높아진 상태다. 금융위기 이후 몇년간은 주식과 채권, 부동산 가격 상승이 선진국 경제 회복 속도를 높여주는 요인으로 환영을 받았었다. 이를 통해 소비 증가가 이루어졌고, 투자도 일정 부분 늘어났다. 문제는 가격이 높아졌을 때다. 약간의 상황 변화에도 가격이 급변할 수 있는 위험이 있다. 2019년 현재 미국 S&P 500 지수의 주가순이익비율(PER)이 19배 정도다. 2000년 IT버블 이후 가장 높다. 우리 시장도 낮지는 않다. 이익이 크게 개선되지 않는다면 2020년에 주가가 2300까지만 올라가도

PER이 14배가 된다. 이런 부담을 덜기 위해서는 이익이 늘어나야 하는데 시장에서는 20% 가까운 이익 증가를 기대하고 있다. 2017년 사상 최대 이익을 기록한 이후 2년 연속 순이익은 줄었다. 2018년은 소폭 감소에 그쳤지만 2019년은 30% 가까운 감소를 기록했다.

그 영향으로 최고 많을 때 130조~140조원에 달하던 순이익이 90조원 내외까지 줄었다. 2020년은 순이익이 다시 110조~120조원으로 늘어날 걸로 전망된다. 이익 증가의 대부분은 반도체 때문이다. 지금 시장은 두 개의 대립되는 개념 위에 서 있다. 실물 경제와 주가가 대립하고 있고, 자산 가격 버블 가능성과 금융완화 정책이 대립하고 있다. 이를 막기 위해서는 기업이 실력이 있음을 보여줘야 하는데 시장은 입증이 가능할 거라고 믿고 있다.

2020년에 또 하나 관심을 기울여야 할 것이 투자심리다. 주가가 장기간 상승하면서 투자자들은 어지간한 위험은 위험으로 보지 않게 됐다. 수차례 금융완화 정책과 재정정책을 통해 정책 담당자들이 위험을 막을 수 있는 능력을 가지고 있다는 인식이 굳어졌기 때문이다. 지난 11년간 경기를 북돋우려는 정책이 무수하게 쏟아진 걸 감안하면 이런 믿음이 만들어진 게 당연할지 모른다.

주가를 만드는 요인 중에서 가장 느리게 변하는 게 투자자들의 심리다. 상승이 오래 지속되면 지속될수록 한쪽 방향으로 생각하는 힘이 더 강해진다. 문제는 심리는 쉽게 변하지 않지만 한번 변하면 시장에 심각한 타격을 준다는 점이다. 시장에 대한 견해가 갑자기 바뀌기 때문인데, 심리 약화는 오랜 상승 이후 오는 경우가 많다. 선진국 주가가 상승을 시작하고 11년이 지난 만큼 언제든지 투자심리 약화가 나타날 수 있는데 이 경우 우리 시장도 홍역을 치를 수밖에 없다.

2020년 주식시장은 박스권 내 등락, 상반기에 좋고 하반기에 나쁠 확률이 60%를 넘는다. 2019년에 미국 시장은 네 번의 상승이 있었다. 5월, 7월, 9월, 10월이 그 경우에 해당하는데 모두 사상 최고치를 넘었다. 금리가 핵심 변수였는데 5월은 인하가 재개될 거란 기대가, 7월은 실제 금리 인하가 주가를 끌어올리는 동력이 됐다. 9월에는 미국 이외 다른 주요국까지 금리 인하에 동참하면서 상승이 커졌다. 앞의 두 번은 사상 최고치를 경신하긴 했지만 오래가지 못했다. 이전 고점보다 5월은 0.5%, 7월에도 2.7%에 더 높아지는 데 그쳤다.

우리 시장은 상황이 더 좋지 않았다. 미국 시장이 꺾이기 전에 먼저 하락했고, 선진국 시장이 사상 최고를 기록하는 동안 전고점을 회복하는 데 그쳤다. 그래서 미국 시장의 고점이 올라가는 동안에도 코스피는 2233(5월)→2134(7월)→2101(9월)로 고점이 낮아졌다. 선진국과 주가 방향만 같았을 뿐 내용은 차이가 난 것이다. 다행히 10월은 달랐다. 미국이 사상 최고치를 경신한 이후에도 상승을 이어갔고 그 영향으로 우리 시장도 직전 고점을 넘었다.

시장 상황이 개선되긴 했지만 우리 시장의 한계도 동시에 드러났다. 선진국 시장이 사상 최고치를 경신했지만 우리 시장은 일정폭을 벗어나지 못했다. 이는 2011~2016년과 비슷한 모습이다. 그 때도 선진국 시장이 사상 최고치를 경신했지만 우리 시장은 2150을 넘지 못했다. 미국 시장이 최고치를 넘어 계속 상승하는 동안 코스피는 박스권 상단까지 올랐다가 미국 시장이 약해지면 다시 하단까지 내려오는 과정을 반복했다.

지금은 2011~2016년보다 상황이 좋지 않다. 당시는 선진국 주가가 낮았고, 경기가 저점을 통과하고 2~3년 밖에 지나지 않아 좋아질 여지가 많았다.

지금은 선진국 주가가 상승을 시작하고 11년이 지났다. 경기도 정점을 지나 내려올 가능성이 크다. 이런 점을 고려할 때 2020년 주식시장은 박스권을 벗어나지 못하는 상황에서 상반기에 오르고 하반기에 떨어지는 형태가 되지 싶다. 大예측

정부 바람처럼 집값 잡을 수 있을까

황정일 기자

이쯤 되면 총체적 난국이라고 할 수밖에 없을 것 같다. 주택 거래 자체는 적지만 서울·수도권 집값은 조용히, 꾸준히 상승하고 있다. "집값이 안정되고 있다"는 대통령과 "(부동산 정책이) 마지막 고비에 다다랐다"는 전 청와대 정책실장은 부동산 안정화를 자신하는데, 집을 알아보는 실수요자들은 전혀 체감을 못한다. 2019년 12월 기준, 서울 아파트 중위가격이 9억원에 육박한 가운데 전체 가격 중간값인 9억을 웃도는 아파트는 2017년 말 대비 65.1%나 늘어났다. 부동산114가 서울 아파트 125만2840가구의 시세를 조사한 결과다. 9억원 이상 아파트는 총 44만2323가구로 2년 전 26만여 가구보다 18만여 가구가 증가했다. 2018년 말 26만7937가구보다는 15% 이상 증가했다. 집값이 '하향 안정화'로 가고 있다는 정부 설명과는 전혀 다른 결과다.

연합뉴스

남산에서 바라본 서울 시내 모습.

문재인 정부는 출범 이후 2년 반 동안 주택시장 안정화를 위한 크고 작은 대책을 18번 내놨다. 그중 10번 정도가 규제였고, 나머지는 규제와 공급을 동시에 하겠다는 대책이었다. 18번의 대책 중 주무부처인 국토교통부뿐 아니라 기획재정부 등이 참여한 '정부 합동' 대책도 4번 있었다. 이렇게 많은 대책을 내놨지만 주택시장은 안정화하지 못하고 되레 상승세를 보였다. 그러자 정부는 2019년 12월 16일, 유례없는 초강력 규제책을 내놨다. 시가 9억원 초과 주택에 대한 담보 대출의 담보인정비율(LTV) 규제를 강화하고, 시가 15억원 초과 초고가 주택에 대한 담보대출을 전면 금지했다. 시중의 유동성이 주택시장으로 유입되지 못하게 하겠다는 의지를 표명한 것이다.

시중 통화량(M2)은 2017년 2471조2000억원, 2018년 2626조9000억원에 이어 2019년 9월 현재 2853조3000억원으로 확 늘었다. 시중 유동성이 불과 9개월 만에 200조원 넘게 늘어난 것이다. 시중 유동성 유입에 더해 저금리로 자금조달 비용이 줄었고, 전세대출 등을 이용한 '갭투자'가 늘어난 것이 주택시장의 '국지적 과열'을 이끌고 있다는 게 정부 판단이다. 12·16 대책 중 금융 규제는 이 같은 갭투자자와 다주택자 투기 수요 유입을 차단하는 데 방점을 찍었다. 이에 따라 강남 고가 주택 진입 자체부터 어려울 것으로 보인다. 특히 단순하게 시세차익을 노린 갭투자는 사실상 불가능해졌다. 따라서 2019년 6월 이후 활발하던 매수세도 당장은 주춤할 것으로 보인다. 2020년 상반기까지는 다주택자의 매물이 나오면서 가격을 끌어 내릴 가능성도 있다는 분석이다.

규제 일변 정책의 부작용 심화

하지만 이번에도 '확실한' 대책은 아니라는 지적이 나온다. 당장은 매수세를 묶어 뛰는 집값을 잡을 수는 있겠지만 중장기적으로는 오히려 시장 혼란만 가중할 뿐이라는 지적이다. 이유는 간단하다. 공급이 부족한데 수요가 많으면 가격은 상승하고, 반대로 공급은 많은데 수요가 적으면 가격은 하락하는 수요와 공급 법칙 때문이다. 가격이 상승하면 공급을 늘리거나 수요를 분산하는 정책을 펴야 하는데, 정부는 가격 규제 정책으로 일관해 양극화를 심화시키고 있다.

단적인 예가 2019년 말 시행한 민간택지 분양가 상한제다. 분양가 상한제는 정부가 신규 분양 아파트의 분양가를 일정 수준 이상으로 올리지 못하게

문재인 정부 합동 부동산 종합대책 일지	
6·19 대책 (2017.6.19)	'주택시장 안정적 관리 위한 선별적 맞춤형 대응 방안' 조정대상지역 추가 지정, 조정대상지역 내 청약, 담보인정비율 (LTV)·총부채상환비율 (DTI) 등 대출 규제 강화
8·2 대책 (2017.8.2)	'실수요 보호와 단기 투기수요 억제 통한 주택시장 안정화 방안' 투기지역·투기과열지구 지정, 재건축·재개발 규제 정비, 양도소득세 강화, LTV·DTI 금융규제 강화, 자금조달계획 신고 의무화, 특별사법경찰제 도입 등
9·13 대책 (2018.9.13)	조정대상지역 2주택 이상 보유자에 대한 주택분 종부 최고세율 최고 3.2% 중과, 세부담 상한 150%에서 300%로 상향, 과표 3억~6억원 구간 신설 및 세율 0.2%p 인상 등
12·16 대책 (2019.12.16)	3주택 이상 보유자와 서울·세종 전역 및 경기 일부 등 집값 급등한 조정대상지역 2주택 이상 보유자에 대해 주택분 종부세 세율 최고 4.0%로 중과. 세 부담 상한도 200%에서 300%로 상향 등

하는 제도다. 정부는 2019년 말 서울의 고분양가 논란을 잠재우겠다며 37개 지역을 상한제 대상 지역으로 선정하고, 12·16 대책에서 과천·광명·하남 등지를 추가해 322개 지역으로 확대했다. 정부가 지난 2년 반 동안 줄기차게 외쳐온 가격 규제 정책이 정점을 찍은 것이다.

상한제를 확대하면 공급은 줄어들 수 밖에 없다. 당장 상한제 확대 시행 이후 서울에서의 주택 인·허가 물량은 급감했다. 2019년 11월 서울의 주택 인·허가 물량은 2987가구로 전년보다 49% 감소했다. 서울에서는 새 주택을 공급할 수 있는 사업이 재개발·재건축 밖에 없다. 이 때문에 정부가 민간택지로 상한제를 확대하겠다고 한 이후 서울의 새 아파트 값은 급등하기 시작했다. 상한제가 공급 축소를 불러와 기존의 새 아파트값이 오를 것이라는 우려가 현실화한 것이다.

그런데 입주물량은 준다. 부동산114에 따르면 전국 아파트 입주물량은

12·16 부동산 종합 대책 주요 내용	( ): 적용 시점
투기적 대출수요 규제 강화	
투기지역·투기과열지구 주택담보대출 관리 강화	시가 9억원 초과 주택 담보대출 강화 9억 초과분 LTV 40%→20% (12월 23일) · 시세 15억원 초과 초고가 아파트 주택담보담대출 금지 (17일) · DSR 관리 강화 시가 9억원 초과 주택, 금융사별→차주별 (23일) · 주택담보대출 실수요 요건 강화 일시적 2주택자 1년내 전입, 기주택 처분 (23일) · 주택구입목적 사업자대출 관리 강화 (23일) 투기지역 내 주택임대업 외 업종 주택구입용 주담대 금지 · 주택임대업 개인사업자에 대한 이자상환비율(RTI) 강화 1.25배→1.5배 (23일)
전세대출 이용한 갭투자 방지 (2020년 1월)	· 사적보증의 전세대출보증 규제 강화 · 전세자금대출 후 신규주택 매입 제한 대출 후 9억 초과 주택 구입시 대출 회수
주택 보유부담 강화·양도소득세 제도 보완	
공정과세 원칙에 부합하는 주택 보유부담 강화 (2020년 상반기)	· 종합부동산세 인상 일반 0.1~0.3%p, 다주택자 0.2~0.8%p · 공시가격 현실화 및 형평성 제고 공동주택 현실화율 최대 80% 까지 인상
실수요자 중심의 양도소득세 제도 보완 ((2020년 상반기)	· 1세대 1주택자 장특공제 거주기간 요건 추가 · 일시적 2주택 양도세 비과세 요건에 전입 요건 강화 1년 이내 해당 주택 전입하고 1년내 기존 주택 처분 · 임대등록주택에 대한 양도세 비과세 요건에 거주요건 추가 조정대상지역 등록 임대주택 거주요건 2년 충족 · 분양권도 주택수에 포함 · 단기보유 양도세 차등 적용 1년 미만 세율 40%→50%, 2년 미만 세율 기본세율 40%
투명하고 공정한 거래 질서 확립	
· 민간택지 분양가상한제 적용지역 확대 (12월 17일) 서울 13개구 전역, 5개구 37개동, 과천·하남·광명 등 322개동으로 확대	
임대등록제도 보완	
· 임대등록 시 세제혜택 축소 (2020년 상반기) 취득세, 재산세 혜택, 수도권 공시가격 6억 이하 주택으로 제한	

2015년 27만4241가구로 2014년과 비슷했지만, 2016년부터는 점차 늘어나기 시작했다. 2015년 초과이익환수제 연기, 민간택지의 분양가 상한제 전면 폐지 등 규제 완화 영향으로 주택 공급이 늘어났기 때문이다. 2016년 입주물량은

30만656가구, 2017년에는 39만3667가구, 2018년에는 45만8628가구까지 증가했다. 하지만 2019년에는 39만6398가구로 줄었고, 2020년에는 32만6746가구로 더 준다. 2021년에는 2018년의 절반도 안 되는 21만6016가구로 급감한다. 특히 집값이 지속적으로 상승하고 있는 서울은 민간택지 분양가 상한제를 폐지한 2015년 2만2437가구에서 2018년 3만7243가구로 늘고 2019년에는 4만2892가구로 정점을 찍었지만, 2020년에는 4만1512가구, 2021년에는 2019년의 절반 수준인 2만644가구에 그친다.

수급 상황만 놓고 보면 2020년 주택시장을 2019년보다 나쁘게 볼 이유가 없는 셈이다. 여기에 외고·자사고 등의 일반고 전환, 상한제 등이 전세시장에 영향을 미치고 있는 가운데 총선과 구조변경 확산 등이 집값 상승 압력으로 작용할 가능성이 있다. 유동성도 계속 늘어나고 있다. 세계 경기 침체로 저금리 추세가 이어지면서 갈 길을 잃은 부동자금은 계속 증가하고 있다. 이렇게 되면 부동산 선호 및 쏠림 현상이 심화할 수밖에 없다. 더구나 2020년 예산안이 말해주듯 예비 타당성조사 면제 사업 등 각종 건설 공사가 봇물처럼 벌어지게 된다. 건설 공사는 바닥 유동성을 확대하는 주요 요인이자 주택시장을 끓게 하는 요인이라는 것은 지난 역사를 통해 확인한 사실이다. 여기에 2019년

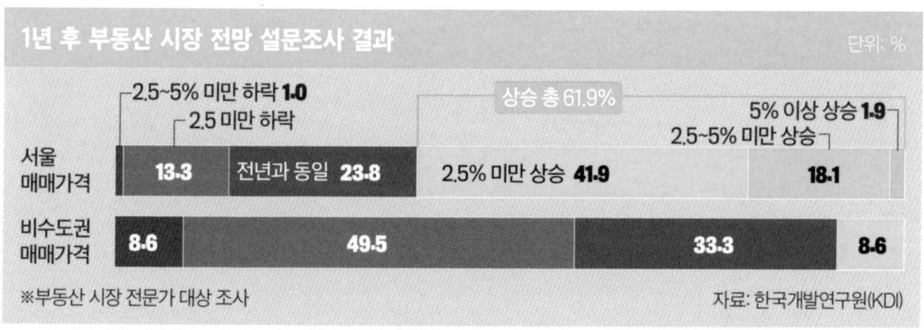

발표한 3기 신도시 등 공공택지에서 풀리는 수십 조원대의 토지 보상금 역시 주택시장을 움직이는 에너지가 될 수 있다. 2020년 4월 총선 또한 주택시장에 변수로 작용할 전망이다.

특목고의 일반고 전환, 총선, 건설 공사…

상황이 이렇다 보니 정부의 '규제 일변도' 부동산 정책에도 부동산 시장 전문가 10명 중 6명은 서울 집값이 더 오를 것으로 보고 있다. 한국개발연구원이 2019년 10월 부동산 시장 전문가를 대상으로 한 설문조사 결과를 보면 1년 후 서울 주택 매매가격이 오를 것이라고 응답한 전문가 비율은 61.9%였다. 이 가운데 2.5% 미만의 상승률을 점친 비율이 41.9%로 가장 많았다. 2.5% 이상 5% 미만 상승할 것이라는 응답은 18.1%, 5% 이상의 높은 상승률을 예

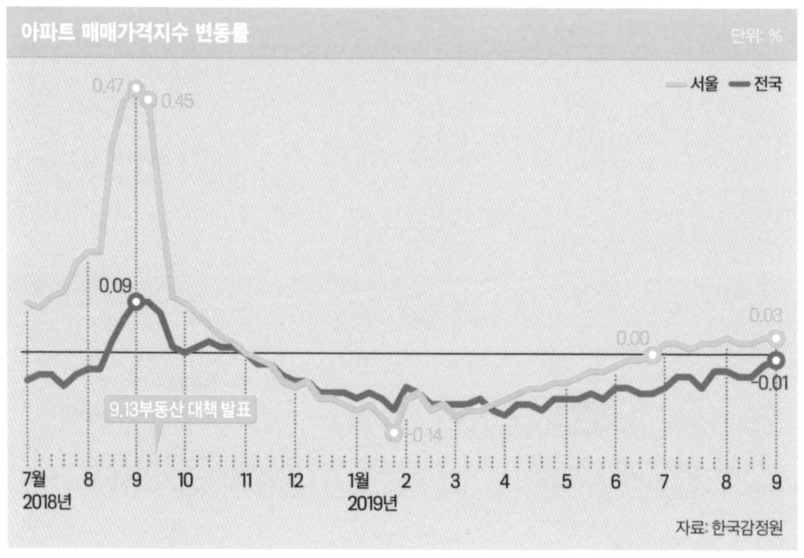

상한 응답은 1.9%였다. 현재와 동일한 수준의 가격을 유지할 것이라는 응답은 23.8%, 하락을 예상한 응답은 14.3%에 그쳤다. 비단 전문가뿐 아니라 일반 국민도 이와 비슷한 생각을 하고 있다. 한국갤럽이 2019년 12월 3~5일 전국 성인 1006명에게 앞으로 1년간 집값 전망을 물은 결과 55%가 '오를 것'이라 답했다. 12%는 '내릴 것', 22%는 '변화 없을 것'으로 전망했다.

공급은 당분간 더 줄 것 같다. 분양가 상한제 확대에 이어 아예 주택 개발 사업 자체를 막으려는 움직임을 보이고 있다. 정부는 2019년 12월 '부동산 PF 익스포저(채무보증·대출)에 대한 건전성 관리 방안'을 내놓고 2020년 2분기부터 증권사에 자기자본 대비 부동산 PF 채무보증 한도를 100%로 제한키로 했다. 여전사에는 부동산 PF 대출과 채무보증의 합계를 여신성 자산의 30% 이내로 제한했다. 부동산 PF는 프로젝트의 사업성과 프로젝트에서 발

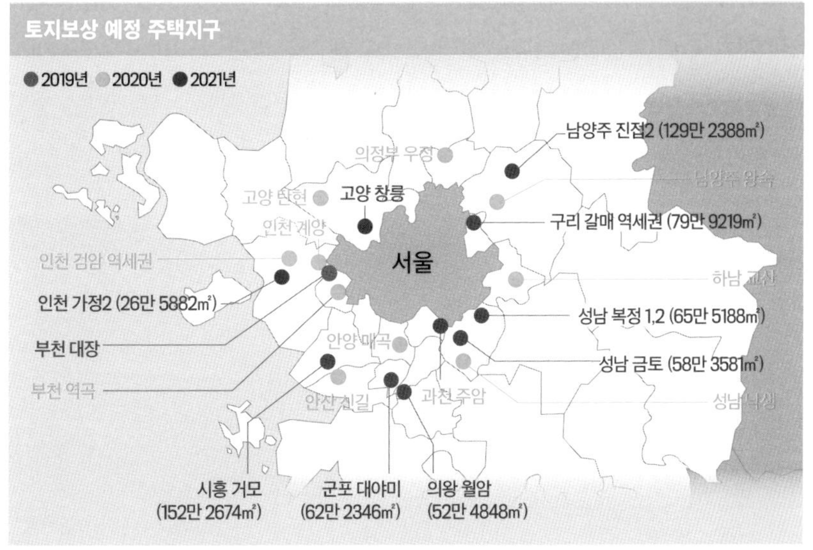

생하는 미래 현금흐름을 담보로 자금을 조달하는 금융 기법이다. 이번 조치는 앞으로 신규 주택 건설 등 부동산 개발을 위한 자금조달이 더욱 깐깐해진다는 의미다. 정부가 PF까지 규제하고 나선 건 부동산 PF가 눈덩이처럼 불어나고 있다는 우려 때문이다. 자본시장연구원에 따르면 증권 업계의 부동산 PF 유동화증권 발행 잔액은 2014년 4조1000억원에서 2018년 말 13조7000억원으로 증가했다.

부동산 PF 대부분은 아파트 등 공동주택 사업에서 발생했다. 공동주택 관련 발행잔액은 2조6000억원에서 8조원으로 늘며 증가분의 대부분을 차지했고, 오피스텔도 2000억원에서 1조8000억원으로 9배로 늘었다. 이 돈은 대부분 자금력이 약한 시행사나 중소형 건설사, 소규모 자금조달이 필요한 오피스텔 등을 짓는 데 쓰였다. 시행사나 중소형 건설사는 대부분 부동산 PF를 통해 자금을 조달한다. 결과적으로 부동산 PF에 규제를 가하면 시행사나 중소형 건설사가 주택을 공급하기 어려워진다. 그동안 특히 부동산 PF가 수도권에서 집중적으로 이뤄진 점을 감안하면 가뜩이나 매물 잠김 현상을 겪고 있는 수도권 주택 공급난을 부추길 수 있다. 2018년 말 기준 부동산 PF 발행 잔액은 수

한국선설산업연구원 2020년 집값 전망 단위: %

구분		2017년	2018년	2019년					2020년
				1/4분기	2/4분기	3/4분기	4/4분기	연간	
매매	전국	1.5	1.1	-0.4	-0.4	-0.1	0.1	-1.0	-0.8
	수도권	2.4	3.3	-0.5	-0.5	0.2	0.4	-0.4	-0.3
	지방	0.7	-0.9	-0.4	-0.4	-0.4	-0.2	-1.7	-1.2
전세	전국	0.6	-1.8	-0.7	-0.7	-0.3	-0.2	-1.9	-1.5

자료: 한국건설산업연구원

도권이 9조6000억원, 비수도권이 4조2000억원이다. 경기도가 5조6000억원으로 가장 많고 서울과 인천이 각각 2조3000억원과 1조7000억원이었다.

정부 규제로 수요 많지 않아

하지만 잇단 규제에도 집값이 계속 상승세를 이어가면 더 강력한 규제책을 내놓을 가능성이 있다. 12·16 대책 발표 때 정부는 "이번 대책 발표 이후 시장 상황을 면밀히 모니터링해 이르면 2020년 상반기 중 주택 수요, 공급 측면에 걸쳐 2차 종합 대책을 발표할 계획"이라고 밝혔다. 시장에서는 총선 전에 또다시 대책이 나올 수 있다고 보고 있다. 총선 전까지 '집값을 확실히 잡았다'는 메시지를 주기 위해서다. 한국건설산업연구원은 이 같은 강력 규제 영향으로 2020년 전국 집값이 0.08% 하락할 것으로 예상한다. 서울 주택시장이 최근 과열 현상을 보이고 있지만 정부의 각종 규제 정책으로 주택 수요는 제한적일 것으로 예상했다. 김성환 한국건설산업연구원 부연구위원은 "과거 50대 이상이었던 주택소비 주력 계층이 최근 30~40대로 이동하며 신규 주택 수요가 유입되고 있다"며 "이러한 주택시장의 소비 패턴이 당분간 유지되겠지만 30~40대는 소득 대비 금융부채가 많아 서울지역 주택수요자는 제한적일 수밖에 없다"고 분석했다. 지방은 미분양 주택 누적으로 어려움이 지속되겠지만 수요보다 공급이 빠르게 줄면서 올해보다 시장 상황이 소폭 개선될 것으로 예상했다. 김 부연구위원은 "2020년에도 특정지역과 다주택자를 겨냥한 핀셋 규제 기조가 지속될 것"이라며 "2019년에 이어 2020년에도 하락장이 이어질 가능성이 커 중장기 정책을 확인하고 대비해야 한다"고 전망했다. 大예측

골드 랠리는 어려워도 금값 여전히 '반짝반짝'

배동주 기자

'골드 랠리'. 2019년 글로벌 원자재 시장은 이 표현으로 요약할 수 있다. 올해 금값은 최근 6년 내 볼 수 없었던 폭발적인 상승세를 기록했다. 특히 지난 6월 시작한 골드 랠리는 뱅크오브아메리카메릴린치나 JP모건 등 글로벌 투자은행이 2018년 말 내놓은 2019년 금값 전망치를 뒤엎었다. 두 곳은 2019년 금 가격을 각각 온스(31.1g)당 1325달러, 1296달러로 예상했다. 현실은 달랐다. 12월 초 현재 국제 금값(2월물 기준)은 이들의 예상보다 최대 14% 높은 1480달러 안팎에서 움직이고 있다. 이마저 최근 조정을 거친 가격으로 지난 9월 금값은 1560달러를 넘어섰다.

골드 랠리는 '트럼프의 입'에서 시작했다. 도널드 트럼프 미국 대통령은 지난 5월 트위터에 "중국과의 무역에서 더 이상 손해를 볼 수 없다"고 밝히며

© gettyimagesbank

관세 부과 계획을 언급했다. 이에 미·중 무역분쟁이 원만히 해결될 것이란 기대감은 무너졌고, 골드 랠리가 이어졌다. 미국과 중국의 무역분쟁은 교역 위축에 따른 글로벌 경기 둔화로 이어질 수밖에 없다. 결국 투자자들은 발 빠르게 금으로 투자를 늘렸다. 전 세계 1·2위 경제 대국의 무역분쟁이 불러올 경제위기를 버텨낼 수단이 필요했기 때문이다. 대표적인 안전자산 금은 위기의 투자처로 불린다.

파월도 골드 랠리를 뒷받침했다. 제롬 파월 미국 연방준비제도(Fed) 의장은 미·중 무역분쟁 점화 이후 금리 인하 가능성을 언급하며 세 차례 기준금리를 내렸다. 앞서 골드만삭스는 미국 연준이 금리를 네 차례 올린다고 내다봤고, 채권 운용사 핌코는 2019년 말까지 미국이 세 차례 금리를 올릴 것으로 예상했지만 완전히 빗나갔다. 미·중 무역갈등을 버티기 위해 미국은 소비시장 활성화가 필요했고 이를 위해 금리를 내렸다. 미국 금리 인하로 금의 단기 대체재인 미국 달러화 가치가 떨어져 반대로 금 가격이 올랐다. 그렇다면 2020년에도 골드 랠리는 계속될까?

2020년도 미중 무역분쟁 이어질 전망

2020년 금은 올해만큼은 아니라도 여전히 유망할 것이란 전망이다. 미·중 무역분쟁 1단계 합의로 이뤄졌지만, 2단계 협상이 남았고, 미국의 추가 금리 인하가 이어질 가능성이 커서다. 미국뿐만 아니라 세계 경기의 하향 흐름 지속으로 각국 중앙은행이 정책금리를 계속 낮출 것이라는 전망도 나오고 있다. 실제 유럽 등 주요국 중앙은행은 이미 금융완화 기조로 돌아섰다. 금 가격이 오를 수밖에 없는 환경이 펼쳐지는 셈이다. LG경제연구원은 '2020년 국내외 경제 전망' 보고서에서 "금리 하락으로 금융위기 이후 늘어난 글로벌 유동성이 경기 하향 속 금과 같은 안전자산으로 몰리고 있다"고 밝혔다.

우선 2019년 골드 랠리를 이끌었던 미·중 무역분쟁이 쉽게 끝나지 않을 듯하다. 1단계 협의를 이뤘지만, 시행과정에서 갈등과 2단계 합의 지연 가능성이 크다. 미국 하원은 11월 '홍콩 인권법'을 통과시킨 데 이어 신장(新疆)·위구르 인권 정책

법안까지 통과시켰다. 이에 11월 말 미국과 중국 간 무역협상 타결 기대가 커지면서 하락세로 돌아섰던 금값도 반등했다. 지난 9월 초 온스당 1560.40달러까지 올랐던 국제 금값은 11월 말 6% 넘게 하락(1460달러)했다가 1484달러 안팎으로 재반등했다.

금 펀드 수익률은 다시 호조를 보였다. 금융정보제공업체 에프앤가이드에 따르면 12월 초 기준으로 3개월 수익률은 -6.81%까지 하락했으나 1개월 수익률은 -3.59%로 회복세로 돌아섰다. 나중혁 하나금융투자 이코노미스트는 "홍콩 시위로부터 유발된 정치 불확실성이 미·중 무역협상의 판을 깰 수 있다는 전망과 이번 무역합의가 정치적 압박을 느끼는 트럼프 대통령의 편의주의적 처방에 불과하다는 평가가 부상하면서 안전자산 선호 경향이 살아나고 있다"면서 "신흥국 증시를 중심으로 위험자산군의 조정이 나타났다"고 분석했다.

미·중 무역분쟁이 쉬이 끝나지 않을 것이란 전망은 내년 금값 상승 가능성을 키우고 있다. 미·중 무역분쟁의 배경에는 중국의 신산업 발전을 억누르려는 미국의 의도가 있기 때문이다. 신산업 분야마저 중국이 챙길 경우 경제패권이 중국으로 넘어갈 것이라는 근본적인 우려가 팽배해 있다. 미·중 무역협상 1단계 합의가 '중국의 미국 농산물 구입'과 '화웨이 등 중국 기업에 대한 제재의 일부 해제' 등을 대가로 놓고 관세 부과를 유예하는 수준에 머문 것도 같은 이유다. 협상이 타결해도 이행 여부를 둘러싼 무역제재와 이에 따른 교역 차질은 이어질 전망이다.

여기에 금값 인상을 이끌었던 미국의 금리 추가 인하 가능성이 커지고 있다. 특히 미국이 브라질과 아르헨티나의 철강 제품에 대한 관세정책을 새로 펴면서 금리 인하 가능성이 더욱 커졌다. 트럼프 대통령은 "금리를 낮추고 (통

중앙포토

화정책) 완화하라-연준!"이라는 내용을 트위터에 계속 올리고 있다. 이에 제롬 파월 의장은 지난 10월 금리 인하 후 가진 기자회견에서 물가 상승이 지속되는 상황이 나타나기 전까지는 금리 인상을 고려하지 않을 것이라고 밝혔다. 파월 의장이 내세운 '금리 인상 조건'을 고려할 때 최소 내년까지 이 조건을 만족시키기 어렵다는 평가다.

경기 불확실성에 안전자산 선호

세계 경기의 불확실성이 커지고 있는 것도 내년 금값 상승 가능성을 키우고 있다. 영국 스탠다드차타드은행은 최근 보고서에서 "2020년 4분기 금값이 온스당 1570달러에 이를 것"으로 예상했다. 세계 경기의 하향 흐름이 지속되면서 각국 중앙은행이 정책금리를 계속 낮출 것이라는 기대를 반영했다. 홍콩상하이은행(HSBC)은 "금값이 2020년 말에는 1605달러까지 오를 것"으로 전망했다. HSBC는 금값을 떠받칠 요인으로 미국을 포함한 주요국의 통화완화 정책과 미·중 지정학 리스크 심화에 따른 안전자산 선호를 꼽았다.

주요국 중앙은행은 이미 금융완화 기조로 돌아섰으며 2020년에도 완화 흐름을 이어갈 전망이다. 유럽중앙은행은 지난 9월 예금금리를 인하하고 11월부터 자산매입 프로그램을 재개했다. 미·중 무역분쟁으로 교역이 줄면서 비롯된 세계 제조업 위기 이후 소비 활성화를 위한 추가적인 완화책을 시행할 가능성도 크다. 중국은 경제 경착륙을 막기 위해 2018년 이후 지속된 지급준비율 인하를 더 시행하고, 대출 금리를 인하하면서 성장률 하락에 대응할 것으로 보인다. 한국은 물론 대부분 신흥국들도 경기 하강을 겪으면서 금융완화 대열에 동참하는 상황이다.

글로벌 경기 둔화와 그에 따른 위험자산 회피 현상이 심화하는 것도 안전자산인 금으로 투자 확대를 이끌 전망이다. 각국 중앙은행을 포함한 기관투자자들은 이미 움직였다. 세계금위원회(WGC)에 따르면 각국 중앙은행들이 2018년 사들인 금은 2017년 374.8t보다 74%나 늘어난 651.5t이었다. 영국이 파운드화 가치를 평가절하한 이후 중앙은행들의 금 사재기 현상이 일었던 1967년 이후 50년 만의 최대치다. 중앙은행들은 2019년에도 금 사재기를 이어갔다. 이들은 2019년 1분기에 2018년 같은 기간과 비교해 68% 늘어난 145.5t의 금을 사들인 것으로 나타났다.

금과 함께 대표적인 안전자산으로 꼽히는 국채 수익률이 마이너스로 떨어진 것도 금의 지위를 올려주고 있다. 미국의 10년 만기 국채 수익률은 사상 최

저치 수준에서 움직이고 있다. 유럽과 일본의 마이너스 수익률 국채 규모는 15조 달러를 넘어선 상태다. 마이너스 수익률 채권보다는 금이 더 매력적인 투자수단일 수밖에 없다. 김소현 대신증권 연구원은 “마이너스 채권 금리 규모는 실물자산인 금 수요가 증가하는 요인이 되고 있다”면서 “저성장 저물가 국면을 완전히 벗어나기 전까지 금은 투자 포트폴리오 안정성 확보를 위해 필요한 존재”라고 말했다.

이에 글로벌 시장 전문가들과 주요 투자자들 사이에서 금값 상승세가 이어질 것이라는 전망이 늘고 있다. 바트 멜릭 캐나다 TD증권의 상품전략책임자는 블룸버그통신과의 인터뷰에서 “Fed의 정책 방향은 금리 인하로 향하고 있다”며 “상당 자본이 금 시장으로 유입되고 있다”고 설명했다. JP모건은 금값이 2020년 말에는 1480달러에 이를 것으로 전망했다. ABN암로는 금값이 2020년에 1500달러를 돌파할 것이라는 예측을 내놨다. 이 경우 현재보다 10% 이상 가격이 뛸 여력이 있다는 걸 의미한다.

금값 4000달러 베팅까지 등장

일각에선 금이 제3차 가격 상승기에 접어들었다는 분석까지 나오고 있다. 제1차 금 가격 상승기는 1971년 8월부터 1980년 1월 사이였다. 이때 금 가격은 온스당 42달러에서 800달러로 상승했다. 연 10% 넘는 주요국 물가상승 속에서 금이 물가변동 방어 수단으로 자리매김한 덕이었다. 제2차 금 가격 상승기는 1999년 8월부터 2011년 8월까지 10년간 255달러에서 1900달러로 상승했다. 이 시기 중국과 러시아를 포함한 개발도상국이 공적 보유금 내 금 비중을 늘린 게 원인이 됐다. 동시에 달러 가치가 떨어져 금 수요는 더욱 늘었다.

이후 금 가격은 안정적인 모습을 보이다 2015년 말 재반등하기 시작했다. 2016년 금 가격은 2015년과 비교해 약 8% 올랐고, 2017년 재차 13% 가까이 올랐다. 2018년 잠깐 주춤한 이후 2019년 금값은 20% 이상 상승, 최근 4년간 무려 42%가 올랐다. 앞선 금값 상승기가 약 10년 동안 이어졌던 것을 고려하면 상승 여력이 아직 남았다고 볼 수 있다. 게다가 금은 시장 수급 면에서 추가 상승동력을 갖췄다. 헤지펀드 등 투기적 투자자들의 금 상승 베팅은 미 상품선물거래위원회(CFTC)가 관련 통계를 작성하기 시작한 2006년 이후 최고치를 기록하고 있다.

온스당 금 가격이 4000달러로 올라야 투자금을 회수하는 옵션 거래도 이뤄졌다. 미국 경제매체 인베스터스비즈니스 등에 따르면 지난 11월 뉴욕상품거래소(COMEX) 금 옵션 시장에서는 오는 2021년 6월 금값이 온스당 4000달러까지 오를 것으로 보는 투자가 성사됐다. 2021년 6월 온스당 4000달러에 매수할 수 있는 권리를 주는 옵션 거래로 거래 규모가 5000건 175만 달러(약 21억원)에 달했다. 해당 투자를 통해 만기 전에 돈을 벌 수 있으려면 금값이 현재 수준에서 세 배 가까이로 올라야 한다. 최진영 이베스트투자증권 연구원은 "2021년 금값이 온스당 4000달러로 뛸 가능성은 작지만, 오름세인 금 가격의 흐름을 대변하는 것"이라고 분석했다. 大예측

EPILOGUE

'네탓 경제학'에서 벗어나려면

김경원 세종대 경영대학원장

#1. 조지 버나드 쇼는 노벨 문학상을 받는 등 20세기 전반 활약했던 영국의 작가이다. 아주 훌륭한 희곡을 여럿 남긴 그는 대단한 유머 감각으로도 유명했다. 당대 최고의 발레리나 이사도라 던컨이 "당신 머리와 내 미모를 닮은 아이"를 가질 수 있다고 청혼하자 "멍청한 당신 머리와 추악한 내 용모를 닮은 아이"를 가질 수 있다며 거절한 일화는 지금도 회자된다. 그런데 국내에서는 그의 묘비명이 더 유명한 듯하다. '우물쭈물 하다가 내 이럴 줄 알았다'. 그런데 원문을 보면 이는 분명한 오역이다. '(여기에) 충분히 (너무) 오래 머무르다간 이 같은 일이 생길 줄 알았지(I knew if I stayed around long enough, something like this would happen)' 정도가 올바른 번역일 것이다. 10여 년 전 한 통신사에서 새로운 서비스를 출시하면서 이 사람 묘비명을 (의

도적으로?) 이렇게 번역하는 바람에 그렇게 알려졌다고 한다. 개인적으로는 필자도 원문보다는 이 오역 버전을 선호한다. 아마도 뜻이 더 그럴 듯해서일 것이다.

#2. 미국 워싱턴주 시애틀은 2015년 4월 시간당 9.47달러이던 최저임금을 11달러로 올린 후, 9개월 뒤엔 13달러, 다시 1년 후엔 15달러로, 2년이 채 안 되는 기간에 58%를 인상했다. 2017년 6월 워싱턴대학교는 최저임금이 11달러에서 13달러로 오를 때 일자리가 6.8% 줄었다며, 근로시간이 대폭 줄면서 연간 임금이 오히려 125달러 감소했다는 연구결과를 발표했다. 경제 교과서에도 최저임금이 오를수록 실업률도 올라간다고 나온다.

#3. 고등학교 생물 시간에 '상동기관'과 '상사기관'에 대해 배운 적이 있을 것이다. 상동기관이란 그 근본은 동일하지만 이후의 진화 과정이 달라 기능이나 형태는 달라진 경우이다. 예를 들면 사람의 팔, 개의 앞다리, 고래의 지느러미는 기능이나 형태는 다르지만 해부학적으로는 서로 비슷한 골격 구조를 가지고 있다. 상사기관은 기원이 서로 다르지만 형태나 기능이 매우 닮은 기관을 말한다. 예를 들어 새의 날개와 곤충의 날개는 모두 비행 기관이지만, 전자는 앞다리가 변한 것이고 후자는 껍질 일부가 변해서 생긴 것이다. 상어와 고래의 지느러미도 상사기관이다.

필자는 작년, 재작년 연속 이 칼럼을 썼다. 첫 번째 칼럼에서는 새 정부에 대해 "정부 만능론을 믿지 말고 시장과 기업을 존중하며, 그 목소리를 경청하고 재정건전성에 유의"해주길 바란다고 했다. 두 번째 칼럼에서는 그 내용을 첫 번째 칼럼과 대동소이하되 "겸허(Humble), 경청(Hear), 존중(Honor)

의 자세를 강화하거나 새로 취하면서, 정치적 신조(Dogma), 불통(Deaf ear), (실무부서에 대한 청와대의) 군림(Dominance)하는 자세는 버려달라고" 청했다. 그러나 지금까지 첫 번째든 두 번째든 필자의 이런 '주제 넘은' 부탁은 전혀 반영된 것 같지 않다.

2017년 5월 새 정부 출범 당시 경제환경은 지금 생각해도 참 좋았다. 주가는 최고치를 거듭 경신하면서 민간소비 등 거시경세의 지표도 확연하게 회복되는 모습이었다. 세계 경제의 회복세에다 새 정부에 대한 국민들의 큰 기대도 가세한 때문이었을 것이다. 그런데 임기의 절반을 넘어선 시점에서 경제 상황은 어떤가? 2019년 경제성장률은 전망치를 여러 번 하향 수정하며 2% 수호가 관건이 됐다. 고용은 '일자리 정부' 구호가 무색하게도 천문학적인 돈을 퍼붓고도 '고용참사'라는 말이 나올 정도다. 대통령이 "확실히 좋아지는 모습"이라고 했던 분배 면에서는 정부의 보조금 효과를 빼면 5분위 배율(하위 20%의 소득 대비 상위 20% 소득)은 2019년 3분기 기준으로 사상 최악의 수준이다. 자영업자 등이 장사로 번 소득인 사업소득도 같은 시기에 약 5%나 줄어 통계 작성 이래 최대 감소폭을 기록했다. 수출도 최장 기간 연속 뒷걸음질을 치고 있고, 증시도 경제협력개발기구(OECD) 국가 중 상승률이 가장 낮은 몇 나라 중 하나일 정도이다.

얼마 전 TV에서 직접 대통령이 "자신 있다"던 부동산 문제는 어떤가? 서울·수도권 등 주요 지역의 집값이 천정부지로 뛴 것은 이 정부도 부인하지 못할 것이다. 투기를 억제한다는 명분으로 중과세와 재건축 규제를 전가의 보도로 휘둘렀지만 항상 그 효과는 일시적인 것에 그쳤다. 이 모두 '소득주도성장'의 초라한 성적표이다. 오죽하면 얼마 전 노벨 경제학상을 받은 로버트 배로 교수가 "소득주도 빈곤"이라고 평했겠는가? 하지만 이 정부는 아직도 이런 부진한 경제 상황의 원인을 외부 환경이나 야당, 전 정부 탓으로 돌리고 있다. 그래서 'Netat Economics' 즉 '네탓 경제학'이라는 신조어도 등장하는 실정이다.

사실 이와 같은 경제 상황은 이 정부의 정책기조가 자초했다고 해도 과언이 아니다. '최저임금 인상→실업률 상승, 자영업자·소상공인 부담 증가→소비·투자 부진→기준금리 인하→집값 상승→종부세 인상 등 부동산 억제정책 강화→경기 부진→금리 인하→집값 상승→부동산 억제정책 강화→경기 부진'이라는 악순환의 루프를 그대로 돌고 있기 때문이다. 흡사 자신이 만든 미로에서 빠져 나오지 못하는 양상이다. 특히 2019년 종부세 부과 징수액은 이 정부 출범 해인 2017년 1조7000억원에서 2019년에는 3조2000억원으로 올랐으며 건강보험료도 크게 올랐다. 실제로 세금과 각종 사회보험료, 이자 등 비소비지출 비중은 이 정부 출범 전의 18.2%에서 2019년 3분기엔 통계 작성 후 최고치인 23.3%로 올라갔다. 모두 경기에 역진적인 세금 부담이다. 더구나 이런 상황을 재정으로 해결하다 보니 국가부채는 급속도로 늘어 이미 '레드 존'에 들어선 국가재정 상태가 몇 년 안에 일부 유럽 국가들처럼 파탄위기를 맞을 것이라고 주장하는 이코노미스트들도 보인다. 새해에는 세계 경제도 하강세로 돌고 특히 단단히 꼬인 북핵 문제와 방위비 분담 문제 등으로 트럼프가 한국에 대해 자동차 고관세 부과 등 감정적인 대응에 나설 가능성도 배제할 수 없다고 한다.

그렇다면 남은 임기 안에 이런 상황을 역전시키거나 적어도 추가적인 악화를 막을 비책은 있는 것인가? 답은 "있다"이다. 정치적인 이유 등으로 '소득

주도성장'의 기치는 내릴 수 없더라도 앞서 언급한 '상사기관'의 예처럼 경제에 대한 실용적·기능적 접근을 하자는 것이다. 첫째, 정치적 이유 등으로 '소득주도성장'의 구호는 버리지 못할지라도 소비와 투자를 더 이상 누르지 않을 조치를 해보길 권한다. 예컨대 '최저임금' '건강보험료' '종부세'를 동결시키는 것이다. 둘째는 더 이상 금리는 손대지 않을 일이다. 이래야 악순환의 한축을 끊어 낼 수 있을 것이다. 셋째, 지금까지 '말로만' 해온 듯한 규제완화는 실질적으로 진도를 내길 바란다. 이것은 우리나라의 잠재 성장동력을 일깨우는 좋은 길이 될 것이기 때문이다. 마지막으로, 그리고 가장 중요하게도, 청와대 등에서 경제의 사령탑을 맡고 있는 인사들을 지금의 '정치사상가'에서 경험 있는 실무형 '경제전문가'들로 쇄신하길 권한다. '이념'은 '시장'을 이길 수 없다는 단순한 원리를 알고 있는 사람들만이 남은 임기에 적어도 상황을 더 악화시키지는 않을 수 있을 것이다.

그런데 임기가 끝날 때까지 '우물쭈물 하다가는' 한국 경제가 회복하기 힘든 상황까지 몰릴 조짐이 이미 여럿 보인다. 한 유명한 영국 희곡에는 '인생은 사랑보다 크다'라는 대사가 나온다. 유추해서 "국가경제는 정권보다 크다"라는 말은 누군가에겐 꼭 들려주고 싶은 시점이다. 大예측

2020 경제大예측

초판 1쇄 인쇄 2019년 12월 20일
초판 1쇄 발행 2019년 12월 23일

지은이 이코노미스트 편집부
펴낸이 이상언

펴낸곳 중앙일보플러스 이코노미스트
주소 서울 중구 통일로 92(순화동 1-170번지) KG Tower 4층
홈페이지 www.jmagazine.co.kr

디자인 임희정·김하나
인쇄 (주)타라티피에스
제작팀 02-6416-3973
판매팀 02-6416-3920

출판 등록 2008년 1월 25일 제2014-000178호

값 18,000원
ISBN 978-89-278-1080-3